Reinhard Tötschinger

ENTRÉE

Gedruckt mit freundlicher Unterstützung von Stadt Wien Kultur.

Product footprint
CO_2 Neutral
PBN-CFMCP-015258
www.preferredbynature.org

FSC
www.fsc.org
MIX
Papier aus verantwortungsvollen Quellen
FSC® C014138

Grafische Gestaltung: Buntspecht, Wien
Umschlagabbildung: © tintin75/iStockphoto
Druck und Verarbeitung:
FINIDR, s.r.o., Český Těšín
ISBN 978-3-7117-2148-8

Informationen über das aktuelle Programm
des Picus Verlags und Veranstaltungen unter
www.picus.at

Reinhard Tötschinger

ENTRĒE

Roman

Picus Verlag Wien

Man versteht nur das wirklich, was man erschaffen kann.

GIAMBATTISTA VICO

Si c'est trop, c'est ne pas assez!

JACQUES LECOQ

Man steigt nicht aus der Höhle hinauf ans Licht. Auch schwebt nichts von oben herab und es gibt kein Hin-zu und kein Weg-von. Das Spiel kann kein zweites Mal gespielt werden, es ist nie dieselbe Partie. Es wird einem nur der Vorhang vom Fenster gezogen. Was ich hier erzähle, liegt erst zwei Jahre zurück. Deshalb glaube ich, es ist so gewesen. Genau so. Wieso ich mich an all das so genau erinnere? Weil uns nur überraschende, unerwartete, besondere, erfreuliche oder schmerzhafte Ereignisse in Erinnerung bleiben. Niemals das Alltägliche. Und doch könnte es anders gewesen sein. Wir wissen ja, dass Erinnerungen gefärbt sind, dramatisiert, wie ein Film geschnitten werden, neu zusammengefügt, sie also nie genau so gewesen sind, wie im Moment erlebt und erinnert.

1

So früh konnte das nichts Gutes bedeuten. Ich presste das Kopfkissen über beide Ohren. Wieder läutete es Sturm. Die frischen Croissants werden doch immer an die Tür gehängt. Ich tappte nach Hose und Hemd, öffnete einen Spaltbreit den Vorhang, blickte in den grauen Novemberhimmel und lief ins Vorzimmer. Durch den Türspion ermittelte ich die Lage. Erleichtert, dass nicht die Polizei vor meiner Wohnung stand, öffnete ich (sie war noch nie vor meiner Tür gestanden, aber ich kannte die Angst seit jeher von Oma). Der Postbote übergab mir einen Brief. Stumm, die Paste zur Aufhellung klebte noch an meinen Zähnen, hinterließ ich meine Unterschrift. Mist. Der Text für die Agentur war längst fällig. Nur die Headline hatte ich bisher geschafft: *Ein strahlend weißes Lächeln muss kein Traum bleiben.* Mit einem angedeuteten Nicken verabschiedete ich mich vom Boten, nahm das Säckchen, in dem ich das Croissant wusste, von der Türschnalle und warf das Kuvert auf die anderen Briefe, die sich auf dem Esstisch türmten. Im Bad prüfte ich, ob die Paste ihre versprochene Wirkung zeigte (um einen brauchbaren Werbetext hinzubekommen, musste ich die Produkte vorher testen). Ich spülte den Mund aus. Ja, ich schämte mich, solche Texte zu schreiben (wobei ich meine Tätigkeit nicht als Schreiben bezeichnen sollte). Aber sie hielt mich über Wasser und ich musste nicht groß nachdenken dabei. Mit dem Text über die neue Kaffeemaschine, die ich als technisches Meisterwerk anpreisen sollte, war ich auch in Verzug, von meinem Kunden bereits mehrmals ermahnt worden. Aber der Termin zur Abgabe war schon bei Auftragseingang vorbei gewesen. Alles sollte immer gestern geliefert worden sein. Meine Lust auf Kaffee nahm ich zum Anlass, den Kaffeeautomaten zu testen. Wasser eingießen, die Kaffeebohnen aus der beigefügten Packung einfüllen, Tasse auf den bezeichneten Platz stellen. Ich lenkte meinen Blick nach links, rechts, nach oben, unten, beugte mich über den Apparat. Endlich erfühlte mein Zeigefinger eine Stelle, an der er mit einem leichten Druck ein grünes Lämpchen zum Leuchten brachte. Der Automat füllte meine Tasse. Ich sog den Duft ein, drehte die Schale leicht zur Seite, sodass der Kaffee nicht über den Rand schwappte, öffnete den Laptop und tippte: *Der cremige, leichte Schaum, der sich an der Oberfläche zu einem kleinen Schneeberg auftürmt, und die intuitive Bedienung des neu entwickelten Kaffeevollautomaten führt die Benutzer* (sollte ich gendern?) *in fantastische und unbekannte Kaffeewelten.* Der Text war übertrieben. Ich ließ ihn stehen. Solches Pathos liebten meine Kunden. Anschließend trank ich die Tasse in einem Schluck leer. *Leicht wahrnehmbare Säure, etwas Schokolade, nussig.*

Erleichtert, nebenbei und überrascht, ohne Anstrengung mit dem Text weitergekommen zu sein, genoss ich mein morgendliches Kipferl.

Das Telefon läutete.

Mama.

Ich drückte auf »Ich kann gerade nicht sprechen«. Jetzt standen meine täglichen Körperübungen auf dem Programm.

Während ich den Rücken abwechselnd durchdrückte oder zu einer Rundung formte, beschloss ich, mich anschließend all den noch nicht abgesendeten Produktbeschreibungen zu widmen. Wieder überkam mich die mir vertraute bleierne Müdigkeit, die immer dann auftauchte, wenn ich Dinge tun sollte, die ich musste.

Ich verschob die Arbeit auf später.

2

Von Weitem blinkte *Espresso-Sport* in gelber Neonschrift (der Wirt ließ den Schriftzug trotz gestiegener Strompreise weiterhin auch am Tag an). Ein ehemaliges Gasthaus, das sich vor vielen Jahren in ein Espresso verwandelt hatte. Die Lampen im Inneren bemühten sich, das schwache Tageslicht zu verstärken, die Wände waren bis zur Hälfte mit grün gestrichenem Sperrholz geschützt, die Tische mit Plastiktüchern bedeckt, ein Eisenofen unterstützte die müde gewordene Gasheizung, zwei Männer verfolgten die Sportereignisse, die der Bildschirm an der Wand ausstrahlte. Das Café erinnerte mich immer wieder an Winterabende im Dorf mit Oma im Wohnzimmer bei laufendem Fernseher und unter einer runden Hängelampe. Ich zeichnete ihre regelmäßige Handschrift, mit der sie Rezepte in ein Heft schrieb, nach.

Kaum hatte ich mich gesetzt, wurden mir eine Melange und eine Buttersemmel serviert. Meine Stimmung hob sich. Auch hier wusste man, was ich wollte. Zufrieden nahm ich die Gratiszeitung zur Hand (es gab keine andere). Am Leitartikel blieb ich hängen, der aufgrund seiner Kürze und seines dünnen Inhalts eher einem Fernschreiben glich.

Herbert, »Herr Professor«, wie er von uns Freunden gerufen wurde, zertrat, die *Süddeutsche Zeitung* unterm Arm, vor der offenen Eingangstür eine Zigarette. Meine Nase hatte ihn schon vor dem Betreten des Lokals erkannt.

»Guten Morgen, Herr Professor«, rief der Wirt, während er mit einem Tuch Biergläser trocken wischte.

In Wien war schnell einer ein Doktor oder Professor, auch wenn er keiner war. Herbert war einer.

Ich deutete auf die Überschrift.

Er setzte sich, bestellte ein Paar Frankfurter und verschwand hinter seiner Zeitung, während mein Tagesblatt gerade einmal mein Gesicht verdeckte.

»Das war klar, nur nicht wann«, hörte ich ihn sagen, »die Russen, nicht alle, die Elite träumt von einem Großrussischen Reich, aber Eliten haben keine Zukunft, sie greifen auf Modelle der Vergangenheit zurück. Ihre Zukunft ist die Vergangenheit.«

Ich dachte an Opa. Auch er hat aus der Vergangenheit heraus gelebt.

Herbert legte die gefaltete Zeitung zur Seite.

»Sie nehmen ihre Realität als eine vom Schicksal oder von Gott gegebene absolute Wahrheit. Dies dient nur dazu, die vermeintliche Unausweichlichkeit der eigenen Aktionen einem anderen in die Schuhe zu schieben.«

Ich nickte.

Der Bildschirm zeigte ein Pferderennen, unterbrochen von Werbung mit Sportwetten. Die beiden Fußballfans riefen nach Bier. Ich bestellte einen weiteren Kaffee. Herbert ließ eines der beiden Würstel im Senf kreisen, bis sich genug davon daran festhielt.

»Man sollte den Krieg so rasch wie möglich beenden«, sagte ich.

»Ohne die Welt dahinter zu kennen, kann der Krieg nicht beendet werden. Der Mensch vermag nur zu erkennen, was er selbst gemacht hat. Das hat Vico schon vor mehr als dreihundert Jahren geschrieben.«

»Wie auch das Auge alles sehen kann, nur sich selbst nicht«, sagte ich stolz.

Jetzt war es mir wieder eingefallen. Über Giambattista Vico hatte ich im Studium in Paris gelernt, auch wenn ich inzwischen vergessen hatte, wofür der Philosoph stand. Auf die Seminararbeit hatte ich eine gute Note bekommen.

Herbert ergriff das zweite Würstel, tunkte es in den Senf und setzte, von Kauen unterbrochen, fort.

»Die Menschen fallen in alte Muster zurück, sie halten sich selbst für das Gute und den jeweiligen Feind für das Böse.«

Er wischte sich den Mund sauber, klemmte sich eine Zigarette zwischen die Finger und stellte sich vor das Café. Husten folgte auf den ersten Zug. Der Fernseher schaltete zwischen Fußballspielen und Pferderennen hin und her. Einer der Männer schlug auf den Tisch.

Ich müsste noch Bücher über Vico und von anderen Soziologen und Philosophen im Keller haben (ich hatte mir schon Hunderte Male vorgenommen, ihn zu räumen, jetzt werden sie von Mäusen zerfressen).

Herbert saß mir wieder gegenüber.

»Du kennst Vico! Nimm dein Studium wieder auf und schließ es ab«, sagte er.

Kennen konnte man es nicht nennen. Nur manche Titel und wenige Sätze. Ich wehrte ab.

»Nein, die Studentinnen würden mich für den Professor halten.«

»Ich habe viel Ältere als dich in den Vorlesungen.«

Konnte man Frieden mithilfe von Vicos Thesen finden?

Wir sprachen weitere zwei Kaffee und eine halbe Packung Gauloises lang darüber.

Während die Glocken der nahe gelegenen Kirche die Mittagszeit einläuteten, winkte ich dem Wirt um die Rechnung. Herbert zahlte.

3

Die Glühbirne war kaputt. Ich erleuchtete mit meinem Mobiltelefon den finsteren Gang. Verdeckt in einer der Ecken fand ich den Karton. Sauber beschriftet: Philo, 1997/Paris. Werke von Vico, Comte, Michelet. Die Bücher zwischen Oberarm und Brust geklemmt, kämpfte ich mich die Stufen hinauf, öffnete die Wohnungstür, legte die Bücher zu den ungeöffneten Briefen, lief ins Bad und wusch den Schmutz von den Händen und Herberts Zigarettenrauch aus dem Gesicht. Ich sah mich im Spiegel. Die Haut ist noch jung. Gut, dass du nie geraucht hast, Philip. Man wird auch das, was man raucht, sagte ich mir, während ich bemerkte, dass sich weiße Haare zwischen den schwarzen hervorgekämpft hatten. Meine Freunde meinten, ich sähe aus wie Anfang vierzig und nicht wie beinahe fünfzig. Auf einmal ist man älter. Erst im Nachhinein bemerkt man es. Plötzlich ist das Dorf überschwemmt, fällt der Berg zu Tal, tötet die im Winter ersehnte Kälte.

Nun musste ich aber mit den Texten beginnen. Wieder die Müdigkeit. Trotz des vielen Kaffees. Anfangs dachte ich, ich sei faul oder arbeitsscheu. Oder es sei eine Ankündigung des nahenden Alters. Mit der Zeit hatte ich mir angewöhnt, Unangenehmes als ermüdende Pflicht zu sehen, die ich ohne viel Nachdenken abzuspulen hatte. Im Gegensatz zur allgemeinen Meinung, je älter man werde, desto weniger Schlaf brauche man, war es bei mir umgekehrt. Ich wurde schnell müde. Bislang hatte ich keine eindeutige Erklärung dafür gefunden – aber einen Trick, um mich zum Schreiben zu überlisten: anspruchslose Sendungen sehen oder hören, um die Langeweile während des Verfassens der Werbetexte zu überbrücken. Ich schaltete den Fernseher ein und zappte nach einem Krimi. Nun war ich bereit. Zugleich wollte ich den Recherchen der Kriminalkommissarin (es waren seit einiger Zeit öfter Kommissarinnen) und den sofort als solche zu erkennenden Mördern (sie waren immer prominent besetzt) folgen.

Wären nur die Briefe auf dem Esstisch nicht gewesen. Rechnungen, vielleicht sogar Mahnungen. Zum Glück waren sie nicht als Einschreiben gekommen. Noch nicht. Nur der eine von heute Morgen. War er von der Hausverwaltung? Mit der Miete war ich bereits Monate im Rückstand. Ich wollte ja bezahlen. Aber.

Nach zwei Stunden hatte ich die Texte im Laptop und der Mörder war derjenige, von dem ich es vermutet hatte. Erschöpft sendete ich meine Werke ab.

Ich hatte Karten für Tarkowskis Film *Stalker* im Filmmuseum. Den verschlossenen Kuverts wollte ich mich erst widmen, sobald es dem Konto wieder besser ging. *Geht's dem Konto besser, geht's dir besser.* Den Spruch hatte ich für eine Bank geschrieben. Autobiografisch. Sozusagen.

Doch der eingeschriebene Brief schrie nach Öffnung.

Mit einem Stück beruhigender Nougatschokolade im Mund, mit der dunklen Vorahnung, gleich die Kündigung der Wohnung in Händen zu halten, näherte ich mich dem mit Nervengift kontaminierten Kuvert. Mit Daumen und Zeigefinger an einer Ecke greifend, zog ich es vom Stoß. Ich sah auf den Stempel. Der Brief war vor zwei Wochen aufgegeben worden.

Vorsichtig wendete ich ihn.

Florence Bochais, Notaire, Paris …

Paris ließ meine Stimmung steigen. Plötzlich war ich wach.

Dachte an Céline. Dort hatte ich meine schönsten Zeiten erlebt, mich in die französische Sprache vertieft, weg aus der Enge meines Heimatorts, fort von den Vorstellungen, wie ein ordentliches Leben zu sein hatte, fünf Semester Philosophie studiert. Ewig her. Vier- oder fünfundzwanzig Jahre. Ich war Schorschi nachgefahren, der nach der Matura zum Georg und in Paris zum Georges wurde und länger als ich geblieben war. Wir waren die Ersten in unseren Familien, die das Gymnasium besucht hatten. Beide in Französisch maturiert. Beide Céline geliebt. Die Erinnerungen waren nur mehr in Bruchstücken vorhanden.

3, Cité Bergère, 75009 Paris.

Die Gegend kannte ich. Im Chartier gegenüber konnte ich mich satt essen. Mit wenig Geld. In der Sackgasse ein billiges Hotel. Bilder tauchten wie Blitze auf. Ich hatte Papa im Stich gelassen, war aus dem Dorf und von der Familie geflohen. Ich hatte mich schuldig gefühlt. Seit ich mich erinnern konnte, fühlte ich mich schuldig und wusste nie, warum.

Ich atmete tief aus und ein (wie bei meiner letzten Lungenuntersuchung) und riss das Kuvert auf.

Monsieur, je vous prie de bien vouloir trouver sous ce pli une procuration à votre nom permettant de régler la succession et de signer les actes.

Mein Französisch war noch nicht völlig verschwunden. Ich sollte in zwei Tagen im Büro eines Notars erscheinen. Notwendige Formalitäten erledigen.

Hatte ich Nennenswertes vergessen? Schlimmes angestellt, das mich nun einholte? War mit Céline etwas geschehen? Mit Georg? Zu beiden war der Kontakt bald nach meiner Abreise aus Paris abgebrochen.

Im Geist fuhr ich all meine Pariser Winkel ab. Ehemalige Wohnorte, Freunde, Universität, Freundinnen, Restaurants,

Cafés. Erschrocken über die Zeit, die inzwischen vergangen war, las ich Papas Namen.

Julius Muzak

Papa war seit zwanzig Jahren tot!

Philip Muzak

Mein Name in fetten Lettern.

Louis Pichereau

Wer sollte das sein?

Succession

Der Notar beendete den Brief mit einer ausführlichen Beileidsbekundung.

Irrtum, Fälschung! Eine Falle? Karl musste her. Als Anwalt sollte er wissen, was zu tun war. Er klärte für mich rechtliche Probleme und hatte mich gratis, aber erfolglos durch die Scheidung getragen. Beide sammelten wir Oldtimer. Ich Modelle, die auf den Fensterbrettern meiner Wohnung geparkt waren, er die originalen, großen Autos. Ich war zufrieden, Freundschaften wie mit Karl und Herbert über die Jahre gerettet zu haben.

Ich scannte den Brief ein und schickte ihn Karl in der Hoffnung, dass er noch heute antwortete.

Er rief bald zurück. Brief und Notariat befand er als echt und glaubwürdig.

»Kennst du den Herrn?«, fragte er.

»Nein.«

»Du erbst.«

»Wer will mir etwas vererben?«

»Louis Pichereau. Steht doch im Brief. Ich kann es von hier aus klären, das dauert aber mehrere Wochen. Wenn du es schneller wissen willst, musst du anrufen oder den Termin persönlich wahrnehmen.«

»In Paris? Ich habe Aufträge zu erledigen, Abgabetermine.«

»Dann ruf an. Aber Vorsicht, das französische Erbrecht unterscheidet sich deutlich vom österreichischen.«

4

Eine Erbschaft! Kaum dämmerte Aussicht auf Geld am Horizont, meldeten sich bei mir körperliche Reaktionen: Jucken auf der Innenseite der linken Hand und verstärkter Speichelfluss. Das hatte ich von meiner Großmutter übernommen. Und vieles mehr, wie ich heute weiß. Von der einen, der Erna-Oma. Zu ihr sagte ich Oma. Mit der anderen hatte ich kaum Kontakt gehabt. Wie Mama war sie aus einem anderen Dorf.

Ich warf mich aufs Bett.

Der Brief schürte Hoffnungen. Würden meine ständigen Geldsorgen ein Ende finden?

Obwohl ich ihre Fragen fürchtete, die sich immer als eine Melange aus Sorgen und Vorwürfen tarnten, rief ich Mama an. Vielleicht wusste sie etwas.

»Ist etwas passiert?«, fragte sie.

»Nein, ich möchte fragen, ob …«

»Musst du nicht arbeiten?«

»Ich arbeite, Mama. Weißt du etwas über eine Verbindung unserer Familie nach Frankreich?«

Ich schämte mich, sie nach etwas Vergangenem zu fragen. Irgendwann hatte ich solche Fragen aufgegeben. Sie hatte sie ohnehin immer weggeschoben, stumm mit derselben Handbewegung, mit der sie die Tische sauber wischte. Manches aus früheren Zeiten wurde von ihr in mühevoll gestrickte Pullover und Fäustlinge verarbeitet, die zu Weihnachten und an Geburtstagen an Papa und mich verschenkt wurden.

»In Frankreich waren wir nie«, antwortete sie, »nur einmal

an der Adria. Immer auf dem Hof geblieben. Was soll das? Du bist doch der, der damals unbedingt nach Paris wollte. Ohne Netz! Du kanntest niemanden dort außer dem Schorschi. Und der kannte auch nur dich. Ich wollte ja, dass du studierst, aber nicht im Ausland.«

Man sollte aus dem normalen Leben nicht ausscheren, war das Credo bei uns gewesen. Papa hatte es mehrmals erfolglos versucht.

»Mama, das ist mehr als zwanzig Jahre her. Also, gibt es da etwas?«

Sinnlos. Ich verabschiedete mich, nahm den Brief wieder zur Hand und las laut.

Florence Bochais, Notaire. Monsieur, je vous prie de …

Das Französisch klang für mich wie eine Liebeserklärung und nicht wie ein amtlicher Brief. Die Wörter flossen dahin, mochten sich voneinander nicht trennen. Auf Deutsch hätte es härter geklungen.

Florence Bochais, Monsieur, je …

Halt. Der Notar war eine Frau!

Ich verschob die Textarbeit.

5

Als ich eintrat, lief der Fernseher. Vom Öffnen am Morgen bis zum Schließen am Abend. Die Männer saßen noch am selben Platz. Mehrere leere Gläser vor ihnen. Zwei volle mit Bier.

»Heute Wiederholungstäter?«, sagte der Wirt und grinste.

Sei froh, wenn du mehr Geschäft machst. Den Kaffee schickte ich zurück und bat um Cognac und Wasser.

War ein Wunder geschehen, wie ich es nicht mehr erhofft hatte? Öffnete sich eine ersehnte Tür? Und wie viel sollte ich erben? Hatte Céline etwas damit zu tun? Blödsinn. Sie hieß ursprünglich Delaval und nicht Picher … oder wie der hieß. Tage zuvor hatte ich sie wieder einmal gegoogelt und nichts über ihren Tod gelesen. Er konnte aber natürlich auch plötzlich gekommen sein. *Unverhofft kommt oft. Umfassende Absicherung für Freizeit und Fortbildung. Merkur* (noch so ein Slogan). Ich dachte schon länger an eine Gesundenuntersuchung, hatte mich aber wegen der Angst, nicht mehr aufzuwachen, bisher davor gedrückt.

Wer war dieser Pischerer?

Nein. Besser hierbleiben. Karl beauftragen, er sollte der Sache nachgehen. Oder doch nach Paris? Zu lange war ich nicht mehr dort gewesen. Ich könnte nach Céline suchen, selbst zum Termin bei der Notarin erscheinen und das Geld gleich mitnehmen. Das Risiko war es wert, das Konto noch weiter zu überziehen. Eine Erbschaft wäre ein Argument gegenüber der Bank.

Mit meinem Mobiltelefon suchte ich schnelle Züge und

günstige Flüge, fand aber nur teure und schnelle Flüge und ebenso teure, aber mit mehrmaligem Umsteigen verbundene langsame Zugreisen (so konnte die Klimakrise ja nicht bewältigt werden).

Der günstigste Flug war ein Air-France-Flug um sechs Uhr zwanzig. Ich sah meine Hand zittern. Tippte mehrmals auf falsche Tasten. War es die Vorfreude auf Paris, die Erwartung einer Erbschaft oder der Ärger über das frühe Aufraffen? Das Warum und Von-wem waren in den Hintergrund gerutscht. Einfach eine große Summe. Dann könnte ich die Marketingtexte sein lassen und mich auf Sinnvolleres stürzen. Erbte ich ein Haus, wollte ich es sofort verkaufen und von dem Geld leben. Erbte ich Geld und Haus, in Frankreich wohnen, ein neues Leben aufbauen, wie ich es einst vorgehabt hatte.

Ich wählte die Nummer der Notarin, ließ lange läuten. Versuchte wieder, sie zu erreichen. Kurz vor sechzehn Uhr müsste sie doch noch im Büro sein. Nicht einmal ein Anrufbeantworter.

Die Sehnsucht nach Paris und die Erwartung einer großen Summe Geld gewannen das Rennen zwischen Umweltschutz und Bequemlichkeit.

6

Unruhig geschlafen. Geschwitzt. Immer wieder in der Angst aufgewacht, das Flugzeug zu versäumen.

Papa lebt, ist fröhlich, steht im Licht, klopft mir auf die Schulter. Hol dir, was dir gehört. Hör nicht auf deine Mutter!

War es ein Traum oder war Papa am Leben?

Etwas berührte meinen Hinterkopf. Ich drehte mich um. »Ein Krieg ohne Ende?« Der Mann hinter mir las Zeitung. Der Krieg war in Europa angekommen und alles lief wie gewohnt weiter.

Ich richtete meine Haare und schob die Angst vor einem nuklearen Armageddon zur Seite.

Die Flugbegleiterin bot mir Kaffee an.

»Un café pour l'autre chien?«, fragte ich.

Stolz, mich an den Wortwitz, den ich von Georgs Vater kannte, zu erinnern, wartete ich auf das Lachen der Flugbegleiterin. Sie sah mich an. Hatte sie den alten Spruch nicht verstanden? Die Jungen kennen ihn wohl nicht mehr.

Ich öffnete das Gepäckfach und zog ein Buch aus dem Koffer hervor. Lange hatte ich keines mehr zu Ende gebracht. Bücher stapelten sich in meiner Wohnung. Auf der Lehne des Sofas. Neben dem Bett. Auf dem Esstisch, den ich für Gäste gekauft hatte, ohne bisher welche eingeladen zu haben.

Eines nach dem anderen lesen, hintereinander. Nicht alles anfangen. Durchhalten (ja, Mama!).

Der Klappentext erzählte von einer erfolgreichen Frau, die mit Mann und kleinem Sohn unglücklich in einer schicken Gegend lebt. Sie trifft sich mit anderen Männern, schläft mit ihnen, hat Angst, die Familie zu verlieren.

Ich hatte während meiner kurzen Ehe mit keiner anderen Frau geschlafen. Wir kannten uns seit der Volksschule. Aber die Beziehung hatte bald nach der Hochzeit Risse bekommen. Wie Craquelés auf Gemälden. Schlecht fixiert. Ich hatte sie nicht halten können. Karl war zum zweiten Mal verheiratet. Herbert mit einer neuen Freundin, seiner sechsten oder siebten. Wie hält man eine Ehe trotz Enttäuschungen über Jahre durch?

Wieder fühlte ich mich schuldig. Ohne Abschied hatte ich Céline damals in Paris zurückgelassen, seitdem mehrmals ihre Artikel gelesen, sie auf Bildern und im Fernsehen gesehen. Würde sie mich heute noch erkennen? Ich nahm mein Handy, suchte im Internet nach einem Foto. Fand eines mit kurzen Haaren, dachte an uns, an uns, an …

»Mon Petit.«

Wie früher.

Streicht mir über den Kopf.

»Mon Fou.«

Ich auf der Couch, die Gitarre in der Hand.

»Elle avait des yeux d'opale.«

Ihre Opalaugen sehen mich lange an.

Lautes Schnarchen weckte mich. Hatte ich geschnarcht? Wie peinlich. Ich fischte mein Mobiltelefon vom Boden auf. Der Mann hinter mir las noch immer in der Zeitung. Ich tauschte den Roman mit meinem Terminkalender. Wohnte Céline noch dort? Rasch die Sache bei der Notarin klären, ihre Adresse herausfinden und das Konto abdecken. Alle Schulden zahlen, den Rest in Fonds anlegen. Ich hätte Geld. Der Bankbeamte würde freundlich um mich werben. Diesmal würde ich selbst entscheiden, mir die Bank selbst auswählen, selbst die Bank prüfen und mich nicht mehr prüfen lassen.

Plötzlich rüttelte das Flugzeug. Sackte kurz ab. Die Tragflächen hoben sich. Links. Rechts. Links. Ich drängte den Arm meines Nachbarn zur Seite und klammerte mich an die Lehnen, presste den Nacken an die Rücklehne.

Statt dunkler Gewitterwolken leuchtete nun ein klarer Himmel durch die Fenster, der Flieger hatte sich beruhigt. Druck in den Ohren und eine von Rauschen begleitete Stimme kündigten die baldige Landung an. Ich löste die Hände von der Lehne, die der Nachbar sofort wieder in Besitz nahm, den Gurt vom Körper und wusch auf der Toilette ausgiebig die Hände. Drei Durchgänge. Mit Seife. Auch zwischen den Fingern. Sauberkeit war von Opa gefordert. Ich befeuchtete mein Gesicht, kämmte die Haare flach und den Scheitel gerade.

7

Die Regionalbahn RER führte mich zur Gare du Nord, dorthin, wo ich seinerzeit gewohnt hatte. Unter dem Dach. Das Bett beinahe so groß wie das Zimmer. Die Toilette auf dem Gang. Nur von mir und meinem Mitbewohner benutzt. Einem Schweizer, zum Glück, der die kleine Küche sauber hielt. Und die Toilette. Zumindest in dieser Angelegenheit hatten wir uns verstanden.

Das trübe Wetter ließ meine Zeit auferstehen. Meine Zeit. Damals. Fort aus einer Umgebung, in der ich nicht leben wollte. Vom Dorf, wo eine klebrige Schutzhülle die Menschen zufrieden erscheinen ließ. Nur die Abwesenheit von Papa und mancher meiner Freunde hatte mich traurig gestimmt.

Von hier aus wollte ich zu Fuß gehen, der Stadt wieder näherkommen. Ich ärgerte mich über die Busse, die von Flaschengrün auf Türkis umgefärbt worden waren, und über die Polizisten, die ihre runden Deckel gegen Schirmmützen getauscht hatten. Ich ging über den Platz vor dem Bahnhof. Über löchrige Trottoirs. Querte die Boulevards Magenta und Strasbourg. Die Rue du Faubourg Saint Denis war für Autos gesperrt. Räder drängten auf den für sie markierten Routen. Fußgänger inmitten der Straße. Das sollte man in Wien fordern.

Mein Trolley ratterte über das Pflaster. Wasserbäche quollen aus der Tiefe, trieben Abfall in Kanäle. Die kleinen Geschäfte links und rechts hatten sich nicht verändert. Die verkommenen Typen waren dieselben geblieben.

Noch vor dem Einchecken im Hotel musste ich in mein ehemaliges Café: Chez Jeannette.

Ich umfasste den Türgriff, sah durch die Glasscheiben ins Innere. Die Stühle unverändert mit dunkelrotem Plastik überzogen. Die Tür nach wie vor nur mit Anstrengung zu öffnen. Nur das Personal war neu. War Jeannette nicht mehr die Besitzerin? Mittags war sie in der Küche gestanden, eine Kochecke am Ende der Theke, hatte alle Arten warmer und kalter Speisen hervorgezaubert.

Mithilfe meines Reiseführers, der aus einer Zeit stammte, als man solche noch kaufte, stabilisierte ich den wackelnden Tisch. »Paris bis 2026 autofrei.« Auf dem Nebentisch lag aufgeschlagen die *Libération*. Ich rief dem Kellner zu, dessen Kopf hinter einem Regal voller Flaschen verschwunden war. Er bückte sich, deutete, ich solle mich an die Bar bewegen.

Heute kein »Salut, Philip, comment vas-tu?«. Nur ein »Merci, Monsieur« bestätigte die Bestellung eines Expresso.

Die Sonnenbrille abgenommen (ich hoffte auf einige sonnige Stunden), das schwarze Notizbuch und den Stift aus dem Trolley hervorgeholt, schrieb ich: 16.11., Paris, au Café Chez Jeannette. Mein Gehirn arbeitete wieder auf Französisch.

Hier waren wir gesessen. Georg, Freunde, Schülerinnen der nahe gelegenen Schauspielschule, die sich verhielten, als wären sie bereits Stars, junge Männer, die Delon oder Belmondo imitierten.

Und Céline.

In meinem Film spazierte ich in der Nähe ihrer Wohnung. Setzte mich in ein Café gegenüber. Es sollte zufällig wirken. So hatte ich es schon in der Volksschule gehalten. Hatte ich mich in eine Mitschülerin verliebt, fuhr ich in der Nähe ihres Zuhauses mit meinem Tretroller auf und ab.

Lärm riss mich aus meinen Gedanken. Die Bar hatte sich gefüllt. Gemüsehändler, grüne und graue Schürzen umgebunden.

Ein Fleischverkäufer in weißem Arbeitsmantel mit roten Flecken, dort, wo er sich die Hände abwischte. Junge Männer in schwarzen Anzügen. Panachés und Kirs wurden ausgeschenkt. Einer wollte einen Expresso, ein anderer öffnete die Zeitung. Die Lautstärke schwoll an, als wären alle im Streit. Zuprosten, schimpfen, lachen, diskutieren. Auch in den Gasthäusern meines Heimatorts war es gelegentlich laut geworden. Es wurde gestritten. Geschrien. Manchmal endeten die Dispute, von reichlich Alkohol begleitet, in einer Schlägerei. Aber hier war der Lärm für mich kein Lärm. Die Melodie der Sprache ließ die Stimmung leicht erscheinen.

Du könntest mit dem Erbe das Café kaufen. Den Namen Chez Jeannette müsstest du aber behalten. Auch die Einrichtung.

Ich lachte laut auf. Wie der Scheich, der das Hotel Imperial in Wien gekauft hatte, weil er darin übernachten wollte.

»J'ai perdu du temps«, sagte ich laut vor mich hin, fand den Satz gut (auch wenn er an Proust erinnerte).

Ich hielt ihn im Notizbuch fest.

»Nous l'avons tous«, sagte der Kellner, während er den zweiten Expresso auf den Tisch stellte.

Ich fragte mich, ob der Kellner ein heimlicher Schriftsteller war.

Was, wenn die Sache gar nicht stimmte und ich einem Irrtum aufsaß? Es musste einer sein. Niemand aus meiner Familie außer mir soll je in Frankreich gewesen sein. Oder war es eine Angelegenheit, die nur mich betraf? Die Notarin und das Schreiben waren echt. Karl hatte es bestätigt. Hatte der Verstorbene keine Verwandten gehabt?

8

Das Hotel Michelet war mir unbekannt. Nicht sein Patron. Stolz zeigte ich dem Portier Jules Michelets »Die Frauen der Revolution«. Ich hatte das Hotel wegen des Namens ausgewählt, das Buch noch rechtzeitig aus dem Keller geholt und zu den anderen Büchern gepackt. Aber er schien es nicht zu kennen, sagte nur, das Zimmer wäre erst ab drei Uhr bereit.

Ich war zu früh vor dem Haus des Notariatsbüros angekommen. So lief ich die rechte Straßenseite der Rue du Faubourg Montmartre hoch, vorbei an einem Häufchen Protestierender, überquerte die Straße und spazierte auf der anderen Straßenseite wieder abwärts in Richtung Boulevard. Neben dem Torbogen, durch den man zum Eingang des Notariatsbüros gelangte, leuchtete an der Fassade des Varietétheaters Pallace der Name des Chansonniers Michel Polnareff. Mit roten Lettern und Lämpchen angekündigt, solche, wie ich sie aus dem Zirkus kannte (den Polnareff gibt es noch immer?).

Pünktlich um vierzehn Uhr verschaffte ich mir einen Überblick über all die Klingelknöpfe, von dem einer mein neues Glück bedeuten konnte. Ich drückte den passenden. Das Tor gab den Weg ins Stiegenhaus frei. Eine schmale Treppe führte in den ersten Stock. Die Eingangstür der Notarin sprang durch leichtes Dagegendrücken auf. Ein junger Herr bot mir einen Platz im lang gestreckten Foyer an. Das Büro erinnerte mich an einen Film noir. Es hätte mich nicht gewundert, wenn Simone Signoret erschienen wäre.

Aber eine kleine, schlanke Frau in Stöckelschuhen und Minirock mit weißen Kopfhörern in den Ohren trippelte mir nach langem Warten entgegen.

»Florence.«

Sie hatte zuerst ihren Namen genannt, dann den meinen mit einer fragenden Miene, mich in einen Raum mit Stößen von Papier, alten Büchern in Vitrinen, stehenden und liegenden Ordnern gebeten. Ein Apple-Bildschirm in der Mitte des Schreibtischs.

Nicht ganz so ein schlimmes Durcheinander wie in meiner Wohnung.

Die Notarin deutete auf einen der ledernen Fauteuils, bestellte, nachdem ich zugestimmt hatte, per Telefon zwei Kaffee und eine Karaffe Wasser, zog eine Mappe aus einem der Stöße hervor, blätterte darin und sah mich an.

»Mein Beileid.«

»Wofür?«

Ich zuckte mit den Schultern.

Florence zog den Stuhl näher, schob mir eines der Blätter zu. Ich roch ihr Parfum und nannte die Marke. Sie nickte. Froh, es erkannt zu haben, verfolgte ich ihren Zeigefinger. Er landete bei dem Namen, den ich schon im Brief gelesen hatte.

»Ich wäre glücklich, hätte ich solch einen Großvater gehabt«, sagte sie.

Ich zog vermutlich eine fragende Miene, drehte den Kopf, sah sie von links an, von rechts, senkte den Blick. Dann musste ich lachen. Mein Lachen sollte ihrem schlechten Scherz ein wenig Beifall spenden.

»Ach, ja, und ich bin Louis seize«, sagte ich.

Damit hoffte ich, ihr ebenso scherzhaft zu begegnen. Aber ihr verwunderter Blick stoppte mein Vorhaben.

»Monsieur Pichereau war Ihr leiblicher Großvater.«

»Verzeihen Sie«, setzte ich fort, vom Husten unterbrochen, »aber ich bin aus Österreich und heiße Muzak. Mein Großvater hieß Muzak, mein anderer, den ich kaum kannte, Meier.«

Die Notarin richtete sich auf. Wiederholte ihre Nachricht.

Ich wollte protestieren. Die Stimme versagte. Ich schüttelte den Kopf, begann nervös mit den Fingern auf der Lehne des Stuhls zu trommeln, wie immer, wenn ich in die Enge getrieben werde, atmete tief ein und aus und betonte, ich hätte angerufen. Hätte sie abgehoben, wäre ich wegen einer solchen Nachricht nicht persönlich erschienen. Dann hätte ich ihr gleich gesagt, dass das ein Irrtum sein musste. Vielleicht sogar ein Betrug. Ja, Betrug! Ich hätte die Angelegenheit Karl übergeben, der sei als Anwalt ein Kampfhund, so sagte ich, Kampfhund! Er hätte diese Persiflage in einer Minute geklärt. Zugleich wusste ich, dass ich es selbst war, der unbedingt nach Paris wollte.

Ich sank im Stuhl zurück und zwang mich zu einem Lächeln, um meine unhöfliche Reaktion abzuschwächen.

»Ich verstehe, dass dies für Sie etwas plötzlich ist«, sagte Florence.

Sie deutete noch einmal auf Papas Namen.

»Ihr Vater war als Erbe eingesetzt. Da dieser tot ist, sind Sie es.«

Ich spürte einen mir bekannten Druck im Magen und schaute in Richtung Decke.

»Unmöglich.«

Ich wusste doch, dass dies nicht sein konnte, sagte, dass ich, wie vorhin ausführlich erklärt, bereits zwei Großväter hätte, und die seien beide tot, die Erbschaften vor Jahren in Österreich abgewickelt. Sie sollte noch einmal genau recherchieren, eventuell, wie ich betonte, sich auch in österreichischen Unterlagen informieren. Dass die Franzosen bekannt seien für ihre Schlamperei, wie man in meinem Heimatdorf behauptete, behielt ich für mich.

»Ich habe auch in Österreich nachgeforscht. In diesen Unterlagen taucht ein Herr Alois Muzak auf.«

»Also doch«, triumphierte ich.

»Aber in französischen Dokumenten von 1946 ist Louis Pichereau als biologischer Vater Ihres Vaters angegeben.«

»In welchen französischen Dokumenten?«

Ich verstand nicht. Wo kamen solch französische Dokumente her?

»Aus dem Programm ›Enfants d'Etat‹.«

Was denn dieses Programm sei, wollte ich wissen, von dem ich noch nie etwas gehört hätte.

»Herr Pichereau hat 1946 in Frankreich die Vaterschaft angegeben. Er wollte Ihren Vater mithilfe des Programmes ›Enfants d'Etat‹ nach Frankreich heimholen. Es ging um Kinder von Franzosen und Österreicherinnen. Die als Franzosen geltenden Kinder wurden damals als nationale Ressource angesehen.«

»Sie wollten den Müttern ihre Kinder wegnehmen? Schrecklich.«

Plötzlich war ich über solch eine Brutalität erschüttert. Franzosen hätte ich dies nie zugetraut.

Französische Recherche-Offiziere seien durch Deutschland und Österreich gereist, führte die Notarin aus, um junge Mütter davon zu überzeugen, ihre unehelichen Kinder von französischen Vätern dem französischen Staat zu überlassen. Für viele Frauen sei dies eine Notlösung gewesen, es gab ja kaum Nahrung für die Kinder. Die Mütter seien ständigen Diskriminierungen in ihrer Heimat ausgesetzt gewesen, weil sie sich mit Ausländern eingelassen hätten. Meinen Vater hätte man als gesund eingestuft, kränkliche oder behinderte Kinder wurden zurückgelassen. Frau Erna Rostik habe sich aber gegen eine Übergabe an Frankreich ausgesprochen und Herrn Alois Muzak als Vater angegeben.

Rostik? Das war der Mädchenname der Erna-Oma. Sie wollte Papa nicht hergeben. Plötzlich war ich stolz auf sie.

Ich schenkte Wasser aus der Karaffe in ein Glas. Es lief über, die Papiere wurden feucht. Ich zitterte.

War vielleicht doch etwas dran? Stimmte die Sache und Oma hatte Papa den richtigen Vater vorenthalten, um ihr Kind behalten zu können?

Jetzt hatte ich drei Großväter.

»Drei sind doch besser als zwei«, stammelte ich verwirrt. Vermutlich grinste ich verlegen.

Florences kühler Blick ließ mich schlagartig wieder ernst werden.

»Also. Interessieren Sie sich noch für die Erbschaft?«

Sie schien ungeduldig geworden zu sein. Aber ich musste doch vorsichtig sein. Es könnten Schulden vererbt werden, hatte Karl gewarnt. Ich startete noch einen Versuch.

»Da möchte einer, auch wenn er schon tot ist, einen Idioten finden, der seine Schulden übernimmt.«

Florence sah mich regungslos an.

Es war ein Irrtum. Ein Fehler im System. Ich biss die Zähne zusammen, ersuchte sie, noch einmal die Namen in ihren Unterlagen zu prüfen. Es könnte doch sein, dass mit dem in ihren Unterlagen verzeichneten Namen nicht Muzak, sondern Maschek oder Mrozek gemeint war, und auf Französisch im Laufe der Zeit Musaque herausgekommen war. Mroschek, Moschek, Muschek, Musag, Musaque. Ja, das konnte der Grund des Irrtums sein.

Ich redete mich in einen Strudel, hoffte, auf den Fehler gestoßen zu sein.

Florence bestätigte wiederum die korrekte Schreibweise des Namens.

Ich sprang auf, wollte mich für ihre erfolglose Mühe bedanken.

»Warten Sie«, sagte sie und legte mir ein weiteres Papier vor.

Né le 25.11.1923 à Lens. Décédé le 7.9.2022 à Paris. Age 98. Dernier lieu de Résidence: 77, Rue des Martyrs, 75018 Paris. Profession: Clown.

»Ein Clown?«

Das auch noch. Wer erlaubte sich mit mir solch einen Scherz? Ich fiel wieder zurück in den Stuhl und las weiter.

Retenu en captivité dans le camp de prisonniers STALAG XVII A de 1940 à 1945.

Tatsächlich. Das war das riesige Kriegsgefangenenlager gewesen, dessen Reste bis heute an unserem Dorf klebten. Dort hatte Opa gearbeitet, den Bewachern und Gefangenen die Haare geschnitten. Viele aus dem Ort sollen dort ihr Geld verdient haben, wurde unter der Hand erzählt.

Ich sah aus dem Fenster. Sonnenstrahlen blendeten mich. Florences Stimme klang gedämpft wie unter Wasser. Kurz landete ich in meiner Kindheit.

Du kletterst mit Schorschi über die Zäune in das Sperrgebiet des aufgelassenen Lagers. Ihr sucht nach Relikten, nach Resten, nach Abzeichen, Gürtelschnallen, vielleicht sogar Waffen, obwohl ihr aus den Jerry-Cotton-Heften wisst, dass sie den Bösen die Waffen abgenommen haben. Und die Russen sind die Bösen. Das weißt du von Schorschi, und der hat es von seinem Vater.

Ich tauchte wieder aus der Tiefe des Kriegsspielens auf.

Avec Erna Rostik, un enfant, Jules.

Jules? Ist Julius der Jules?

Mein Magen krampfte noch mehr. Wie davor im schaukelnden Flugzeug. War Papa ein Franzosenkind wie manche andere in unserem Nest? Zu meiner Familie waren die Leute zurückhaltend gewesen, aber freundlicher als zu den Familien mit den Russenkindern.

»So liebe Augen, so dunkel, hast du dir wieder nicht die Augen gewaschen«, hatte ich Hunderte Male gehört. Papa wohl noch öfter. Ich war mit ihm in den Zirkus gegangen. In den Zirkus Rebernigg oder Althoff oder Krone. Mit Kamelen und Löwen, Jongleuren, Seiltänzerinnen, den Pferden. Und den Clowns. In meinem Kopf wechselten die Bilder von Opa und dem neuen angeblichen Großvater. War er einer der Clowns aus den Zirkussen meiner Kindheit gewesen?

Ich bat um einen weiteren Expresso. Florence schob mir neue Unterlagen zu. Ich zog die Papiere zu mir. Der junge Mann, der mich am Eingang empfangen hatte, servierte. Ich trank den Kaffee in einem Zug aus. Dann sah ich Zeile für Zeile durch und überlegte, ob der Großvater, der so wenig, und wenn, nur mit den Pferden, gesprochen hatte, also nicht der meine gewesen war und mein Vater nicht sein Sohn.

Am Hof haben wir Pferde. Zum Arbeiten. Schwalbe und Laszlo. Mit Laszlo fährt Opa durch den Ort, zieht einen Wassertank, der auf einen Wagen geladen ist. Gießt Blumen und Bäume, die die Gemeinde zum Aufhübschen gepflanzt hat. Nachdem Laszlo gestorben ist, kauft der Bürgermeister einen Traktor. Opa bleibt zu Hause. Zu den Pferden ist er freundlich. Erzählt ihnen Geschichten. Einmal höre ich seine Stimme aus dem Stall. Ich schleiche hinein. Opa liest Schwalbe aus »Old Surehand« vor. Ich kenne den Text, habe schon drei Karl-May-Bücher. Immer zu Weihnachten bekomme ich einen Band.

»Noch einen?«, fragte Florence.

»Noch einen Großvater?«, antwortete ich.

»Kaffee«, sagte sie und deutete auf die Tasse.

Dankend lehnte ich ab.

Aber etwas war doch falsch.

»Eigentlich müsste doch meine Mutter die Erbin sein, als Ehefrau von Julius, also Jules, der verstorben ist«, sagte ich.

Nun wusste ich, dass Florence ein grober Fehler unterlaufen war und Mama mich anlog. Ja, ja, nur nichts mit der Vergangenheit zu tun haben.

Unter manchem Weizenfeld liegen Skelette, Tausende. Über die vielen im Lager verhungerten oder ermordeten Russen wird geschwiegen. Darüber, dass Schreckliches passiert ist, wird nicht gesprochen. Wenn, nur in Andeutungen, in kleinen Portionen. Aber alle wissen es im Ort. Will ich nachbohren, straft mich Mama mit strengem Blick und putzt irgendwas. Oder strickt. Aber über die Russen als Vergewaltiger spricht man. Viel. Und über die Russenbengel. »Mit dem Franz darfst du nicht spielen, der ist ein halber Russenbua«, sagt Mama. Später verstand ich. Sein Vater war ein Kind eines Russen und einer Frau aus dem Dorf. Die Schande lebt weiter.

»Nur die direkte biologische Linie wird berücksichtigt. Nehmen Sie die Erbschaft nun an?«, fragte Florence.

Ich war angesprochen, nicht Mama, nicht Papa. Ich war gemeint. Ich musste nun annehmen. Oder ablehnen. Konnte mich nicht mehr auf andere ausreden, auf andere umlenken. Auch wenn es nur ein Gedankenspiel gewesen war, ich wollte doch mein Lieblingscafé kaufen. Zumindest in eine bessere Wohnung ziehen. Weniger Geld verdienen müssen. Endlich das tun, was mir mehr Freude bereitete. Nicht mehr unnötige Produktbeschreibungen erfinden, auch wenn sie als professionell und gut formuliert bewertet wurden. Ich wollte Geschichten schreiben. Meine Gedichte veröffentlichen. Vielleicht einen Roman.

Leise setzte ich an zu fragen.

»Was ist das Erbe?«

»Nicht viel. Und doch. Das hängt von der Perspektive ab.«

Nicht viel. Und doch viel. Damit konnte ich nichts anfangen. Gut, schlecht, viel oder nichts wären vernünftige Antworten gewesen. Eine rasche Entscheidung war gefragt. Gleich welche. Besser eine schlechte Entscheidung als keine. Das mit dem neuen Großvater war aberwitzig genug. Diese Ambivalenz brachte mich nicht weiter. Geld, ein Haus, auch wenn es nicht das tollste ist, sind immer zu gebrauchen. Und ob er wirklich mein Großvater war, konnte ja später geklärt werden.

»Was ist das Erbe?«, wiederholte ich.

»Ein Sparbuch mit fünfzehntausend Euro und eine Kiste mit dem Nachlass.«

Mit fünfzehntausend Euro kannst du keine Wohnung in Wien, nicht Chez Jeannette kaufen, kein Haus, nicht die Kunden kündigen. Aber immerhin einige Schulden abdecken und eine Weile davon leben.

»Und ein Pferd.«

»Ein Pferd?«

»Aber es ist schon alt.«

Ich liebe Pferde. Aber was sollte ich mit einem alten Pferd in Paris?

Es sei nur noch den Fleischpreis wert, die Franzosen mögen Pferdefleisch, erklärte Florence. Es stehe im Cirque Lunelli in Saint Denis. Die Kiste könne ich an der Adresse, wo Monsieur Pichereau gestorben war, abholen. Das Sparbuch könne sie mir gleich übergeben.

Ich griff mir an die Stirn. Das Pferd tat mir leid, sein Herr war vor ihm gestorben. Das Sparbuch konnte ich einlösen, die Kiste entsorgen. Aber das Pferd? Es war alt. Einen Transport nach Wien konnte ich ihm nicht zumuten. Und wenn es ihn doch überlebte? Wo einstellen? Mama hatte den Hof schon lange verkauft.

Ja, ich war auf den Pferden geritten. Auf sie geklettert. Hatte neben ihnen im Stroh geschlafen. Sie wurden nicht geschlachtet wie die Schweine. Ein Pferd schlachten. Nein.

Florence schob das Formular zur Unterschrift in meine Richtung. Ich bat um eine kurze Bedenkzeit, müsse meinen Anwalt kurz anrufen und käme in einer Stunde wieder. Die Notarin sah auf ihr Mobiltelefon.

»Der nächste Termin ist erst übermorgen um zehn Uhr möglich.«

Wenn ich mich jetzt entscheide, könne sie mir, wie gesagt, Testament, Sparbuch und alle Unterlagen sofort mitgeben.

Inzwischen hatte es schon zweimal an der Tür geklopft. Ich beharrte auf heute, ich müsse doch morgen zurück nach Wien. Sofort konnte ich mich nicht entscheiden.

»In zwei Stunden?«, fragte ich. »Ich fliege morgen zurück.«

Florence führte mich zur Tür.

»In vier?«

»Übermorgen«, war ihre knappe Antwort.

Die Tür der Kanzlei fiel mit einem dumpfen Ton ins Schloss.

9

Ich stand auf der Straße. In zwei Tagen! Sie hätte mich einschieben können. So viel konnte sie nicht zu arbeiten haben. Wäre ich Franzose gewesen, dann hätte sie es möglich gemacht. Aber für einen Autre-chien! Oder kannte sie das Schmähwort auch nicht mehr?

Gegenüber blinkte Chartier gleichmäßig, nicht wie das unregelmäßig flackernde Wiener Espresso-Sport. Am Nachmittag waren immer wenige Gäste im Restaurant gewesen. Das Essen hatte ich nicht nur als billig, auch als reichlich in Erinnerung.

Rasch fand ich einen Platz. Die Inneneinrichtung im Art-déco-Stil war unverändert. Der Kellner im schwarzen Jackett, eine weiße Schürze um den Bauch gebunden, hielt mir die länglich gefaltete, seit jeher gleich gestaltete Speisekarte hin, schwarze Schreibmaschinenschrift und das rote Chartier-Logo. Das Angebot der Speisen hatte sich auch nicht verändert.

Sollte ich der Notarin glauben? Ich konnte es nicht. Noch nicht. Das Lager hatte es gegeben, auch wenn niemand daran erinnert werden wollte. Eine der Lagerstraßen führt heute noch zum Tennisplatz. In der ehemaligen Krankenstation sind Büros und Speisesaal für die Soldaten der Hundestaffel untergebracht (die Gefangenen hatte man wie Hunde behandelt und heute leben dort Hunde, die besser behandelt werden als die Menschen damals!). Mitten im Ort eine steinerne Mauer, die das ehemalige Lager umschließt. Militärisches Sperrgebiet. Nicht nur im Nachbarort soll es von gefangenen Soldaten gezeugte Kinder gegeben haben, nicht nur aus Vergewaltigungen. Aber nicht bei uns im Dorf, wurde gesagt. Wären Papas Fremdheitsgefühle dagegen ein Zeichen gewesen? Ich gehöre nicht hierher, war einer seiner Dauersprüche. Scherzhaft. Ich fand es nicht witzig.

Wie hätte ich ihm helfen können?

Oma stand fest zu ihm, Schorschis Vater und er mochten einander. Mama bemühte sich. Mit Opa war er über Kreuz, beschuldigte ihn, die Geschichte beseitigen zu wollen und die Vergangenheit hochleben zu lassen.

Eine Flasche Wasser wurde auf den Tisch gestellt. Mit Schwung landete ein Korb mit Baguette-Stückchen. Ich drehte eines der auf dem Kopf stehenden Gläser um und schenkte Wasser ein.

»Mayonnaise-Ei, Spaghetti mit Gemüse, eine Karaffe Rotwein und als Nachtisch Camembert.«

Der Kellner malte kreativ die Bestellung auf das weiße Papiertischtuch. Die Entzifferung würde später nur ihm selbst gelingen.

Ein Königreich für ein Pferd, sagte ich mir. Das Pferd hätte ich schon, nähme ich die Erbschaft an. Ein Königreich für eine Entscheidung, müsste es heißen. Was sprach dafür, was dagegen? In mein Notizbuch schrieb ich eine Liste der Plus- und Minuspunkte.

Ich strich die Listen wieder durch. Beide Spalten waren gleich lang geworden. So kam ich der Entscheidung, Erbschaft annehmen oder ablehnen, nicht näher. Einen der beiden Kopfhörer ans Ohr gedrückt (bisher habe ich keine gefunden, die sich halten konnten), rief ich Karl an.

Schon nach zweimaligem Läuten hob er ab, als ob er auf meinen Anruf gewartet hätte.

»Und? Was und von wem wirst du etwas erben?«

»Vom Großvater.«
»Der ist doch schon lange tot.«
»Einem anderen.«
»Der auch.«
»Noch einer. Ich brauche deine Hilfe.«
»Ist es eine hohe Summe?«
Ich schämte mich.
»Nein, ein Sparbuch mit fünfzehntausend Euro.«
»Wenigstens etwas.«
»Fragst du mich gar nicht, wer er ist?«
»Ist es bewiesen, dass die genannte Person wirklich dein leiblicher Großvater ist.«
»Die Notarin sagt, es ist bewiesen.«
»Bei den Franzosen kann man nie sicher sein. Also, was noch, ein Schloss?«
»Ein altes Pferd.«
Karl stieß ein bellendes Lachen aus.
»Sehr witzig.«
Ich drosselte die Lautstärke des Kopfhörers.
»Jetzt sei kein Weichei, Philip«, sagte er und riet mir, die Erbschaft sofort abzulehnen oder bei Annahme das Pferd sofort in die Wurst zu schicken. Seine Stimme hatte einen professionellen Tonfall angenommen.
Das Pferd in die Wurst. Typisch Karl, das konnte nur ihm einfallen. Seine Härte war sein Erfolg. Dem angeblichen Großvater musste das Pferd doch wichtig und nahe gewesen sein.
»Bist du noch da?«
Karls Frage war kaum zu hören, einer der Stöpsel war in die Mayonnaise gefallen. Inzwischen war das Ei, überzogen mit der gelbgrauen Sauce, die ich ebenfalls seit Ewigkeiten kannte, serviert worden. Ein kleines Salatblatt vegetierte am Rand des Tellers dahin.

Ich fischte den Hörer heraus und wischte ihn sauber.
»Was hast du gesagt?«
»Ob dir sonst wirklich nichts vererbt wird.«
»Eine Kiste mit Notizen und Briefen.«
»Altpapier! Was war er denn, dass er so wenig zu vererben hat?«
Ich hielt die Luft an.
Hörte Karl den Beruf meines neuen Großvaters, wenn man dazu überhaupt Beruf sagen konnte, würde er mich für noch durchgeknallter und lebensunfähiger halten, als ich es für ihn ohnehin schon war.
»Er war ein Künstler«, antwortete ich.
»Ein Künstler mit einem alten Pferd, Papieren und einem mehr oder weniger dünnen Sparbuch? Grotesk.«
»Eher clownesk.«
»Ein Zirkusartist?«
»Du bist nah dran.«
»Ein Pausenclown?«
»Die Pause kannst du weglassen.«
»Ablehnen. Sofort!«, schrie Karl.

Das Telefonat war beendet, der Teller mit den Spaghetti auf dem Tisch gelandet. Eine der Brotscheiben tunkte ich in die Tomatensauce, dann schob ich sie in den Mund, schenkte Merlot aus der Karaffe ins Weinglas und trank es leer.
Lange hatte ich Weichei nicht mehr gehört. Papa war für Opa eines gewesen. War dicke Luft im Haus, war ich zu den Pferden ins Stroh geflohen. Schrien sie sich an, drehte Papa das Radio auf volle Lautstärke. Die Nachbarn sollten den Streit nicht hören. Mit »Opa wird sich nicht mehr ändern« hatte Mama versucht, Papa zu beruhigen. Irgendwann hat er aufgegeben. Aus mir sollte auch ein harter Mann werden, for-

derte Opa, verlangte von mir Kniebeugen, Liegestütze, beim Schlachten zusehen, später selbst schlachten. Papa verhinderte es.

Du wirst nach oben geschickt. Du sollst nicht sehen, wie Luzie in den Hof gezogen wird. Du weißt, was kommt. Schreien und Kreischen. Du stellst dich auf einen Stuhl. Auf den Zehenspitzen siehst du in den Hof. Alle haben Schürzen umgebunden. Mama ein Kopftuch. Papa legt die Messer auf den Tisch, weiße Leintücher werden ausgebreitet. Kübel auf den Boden. Schorschis Papa zieht Luzie in den Hof. Zucken. Mit einem Schnitt ist die Gurgel durch. Sie trennen den Kopf ab. Die Füße. Opa freut sich auf die Schweinshaxnsuppe. Als Einziger. Später wird er die Schweinszehen abzuzeln bis auf die Knochen. Eine Spezialität, sagt er. Sie wischen das Blut auf, füllen es in Kübel. »Es sind ja noch andere Ferkel da«, sagt Mama. Abends am Tisch. Schnitzel. »Das können sich nicht alle leisten«, sagt Opa. Du schiebst den Teller weg, blickst auf die Tischplatte. Opa schiebt ihn zurück, setzt an, dir einen Schlag auf den Kopf zu geben. Eine Ohrfeige hat noch niemandem geschadet. Mit den Armen schützt du dich. Papa hält ihn zurück. Oma weint. Mama bittet dich, zu essen. Du würgst einige Bissen hinunter. Du fragst, ob du aufstehen darfst, zum Pinkeln. Papa nickt. »Man sagt nicht pinkeln, sondern Pipi«, sagt Mama. Wir sind ordentliche Leute. Oma räumt das Geschirr ab.

Nach drei Gläsern Wein und einer Ecke Camembert zahlte ich. Den Betrag malte der Kellner auf das Tischtuch.

10

Noch satt von der vorigen Mahlzeit kaufte ich beim Araber neben dem Hotel Wasser und Multivitaminsaft für den Abend. Mit der Einkaufstüte in und meinem Koffer an der Hand kämpfte ich mich über die enge Wendeltreppe in das dritte Stockwerk. Zuerst schlüpfte ich aus den Schuhen, stellte den Sack auf das abgenutzte Sofa, dann warf ich Zeitung, Mobiltelefon und mich selbst auf das Bett und blickte durch das Fenster auf die spärlich beleuchtete Straße. Der Nieselregen, wie ich ihn von Paris kannte und der die Winter hier trübte, ließ die Tropfen im Licht glitzern. Eine Freundin, die sich seit Langem mehr von mir wünschte, fragte per WhatsApp, ob ich mit ihr und ihrem Freund ins Kino gehen wollte. Sie hatte einen Freund? Was wollte sie dann mit mir? Nicht wieder solche Aufregungen, Philip. Dreier-Geschichten funktionieren nicht. Einmal ist der dran, dann sie, dann beide, dann der andere. Einer ist immer eifersüchtig. Man kann vorher planen und besprechen so viel man will, und dann kommt es dennoch. Rumms. Man hängt in seinen Fantasien drin. Wir waren ein seltsames Trio, Céline, Georg und ich. Bumsen. Essen. Trinken. Schlafen. Lesen. Diskutieren. Bumsen. Meine Schüchternheit, die mich zurückgehalten hatte, mich unter die Menschen zu mischen, war verschwunden. Doch ich wurde immer verwirrter. Dass Papa plötzlich gestorben war, ließ mich auf den heimatlichen Boden zurückkehren. Paris war daraufhin zum Synonym meiner Lebensgeister geworden und in der Vergangenheit geparkt. Ich heiratete. Brav. Ihr wurde ich langweilig und sie vergnügte sich mit anderen. Ich hatte es nicht einmal bemerkt (können Frauen besser verheimlichen? So etwas darfst du nicht einmal denken, Philip). Oder war ich zu blöd, um zu verheimlichen? Nach meiner Scheidung hatte ich aufgegeben. Ich war ein Weichei geworden wie mein Vater, sagte ich mir.

Das Mobiltelefon erinnerte mich an die Abgabe des Newsletters für Sunshine-Reisen. Den Text hatte ich noch in Wien vorbereitet. Ich schaltete den Fernseher ein, zappte nach einem Krimi, landete bei »Swimmingpool«. Ein Thriller. Eine Schriftstellerin kämpft gegen ihre Schreibblockade. Zu anspruchsvoll. Ich schaltete auf leise, öffnete die Datei, wechselte den Titel von *Reise dich interessant* in *Kulturreisen ins Blaue*, korrigierte und lektorierte mein Skript. Weiterschreiben wollte ich nicht. Zu viele Eindrücke meldeten sich in meinem Kopf. Ich beurteilte den Text als gut genug, formatierte ihn, sendete ihn ab, drehte den Ton wieder auf und sah mir den Film fertig an.

Morgen zurück. Karl musste die Erbschaft von Wien aus klären. Oder doch den Termin bei der Notarin annehmen? Mit dem geerbten Geld könntest du noch hierbleiben. Was aber mit der gewonnenen Zeit anfangen? Zwei Tage. Céline suchen? Dem Leben von einem neuen Großvater nachgehen? Wie konnte ich absichern, ob Louis Pichereau wirklich der leibliche Vater meines Vaters war?

Ich starrte auf die Decke und bemerkte einen Anflug von Freude, die ich nicht verstand.

11

Ich war mehrmals aufgewacht, suchte Antworten auf meine Fragen. Sah auf mein Smartphone. Zwei Uhr, kurz nach drei, vier. Mein Kopf brummte. Erinnerte mich an kalte Gänge ohne Enden, an enge Käfige, die sich zusammenzogen, an Kojen, in denen Menschen in kurzer Zeit Texte erfinden mussten, die von Männern bewertet wurden, die auf hohen Stühlen saßen.

Die kalte Dusche half mir, zurück ins Leben zu finden.

Im Frühstücksraum flimmerte der Fernseher. Drei Wandleuchten erhellten schwach den Morgen. Sie schienen von einer lang zurückliegenden Restaurierung zu stammen. Ich empfand sie als unpassend für ein Hotel aus dem 19. Jahrhundert. Wenige Gäste, allein, zu zweit, hoben auf kleine Teller Butter, Käsestückchen, dünne Wurstblätter, Croissants vom Buffet. Ich ließ mir einen Allongé bringen und überlegte, wie ich den restlichen Tag verbringen könnte.

Ich hörte Céline.

Sie berichtete über Massenproteste gegen die angekündigte Arbeitszeitverlängerung. Ihre Stimme schien sich leicht verändert zu haben. Noch immer jung, beinahe singend, aber tiefer als früher. Sie war immer schon etwas rauchig gewesen, auch wenn sie nicht geraucht hatte. »Tous le monde fume, je ne le ferai pas!«, war ihre Devise gewesen.

Nahe am Fenster – Zwielicht ist schlecht für die Augen, hatte mich Oma immer gewarnt – tippte ich ihren Namen in mein Smartphone ein. Ein Pop-up sprang auf und warb für Softdrinks.

Wohnte sie noch in der Wohnung ihrer Eltern? Sie war sicher mit Georg in eine andere gezogen. Vielleicht hatten sie Kinder. In einem kurzen Brief war eines angekündigt gewesen. Sie könnte sauer sein, wenn ich sie einfach anriefe. Zu lange her. Ich war damals unerwartet abgereist. Es tat mir heute noch leid, aber ich hatte keine andere Wahl gehabt. Hatte sie mir verziehen, oder es mir ohnehin niemals vorgeworfen? Hatte ich mir die Ablehnung nur eingebildet? Oder war alles ganz anders?

Auf mehreren Plattformen fand ich ihren Namen und ein paar Fotos. Aber keine Telefonnummer.

Du könntest stattdessen an Louis' letzter Adresse nachsehen, was sich hinter dem Leben deines angeblichen Großvaters und in seiner Kiste verbarg.

Ich tippte die Adresse des Altenheims ein. Ein Foto zeigte ein lang gestrecktes Gebäude inmitten eines Parks.

12

Mein Spaziergang durch den Pinienhain ließ mich schwitzen. Die Sonne war durch den Nebel gedrungen. Umgeackerte Beete, wenige mit Blumen (Dahlien kannte ich, aber Dahlien waren das nicht). Menschen saßen allein oder mit Pflegerinnen in weißen Mänteln an ihrer Seite auf Bänken. Ein in eine Decke verpackter Mann wurde in einem Rollstuhl über den Kiesweg geschoben.

Ich stand vor einem Gebäude mit Türmchen und Hunderten Fenstern, zählte vierzehn Schornsteine. Ein Wagen lieferte frische Wäsche und holte weiße Säcke ab.

Nachdem ich einer Frau am Informationspult, ebenso in Weiß gekleidet, meinen Namen genannt hatte und den Zweck meines Besuchs, wurde ich in den ersten Stock zu Tür dreizehn gebeten. In Nischen stehende halb nackte Figuren säumten die Treppe. Jünglinge, um die Hüften ein Tuch gewunden. Frauen in Togen, eine Brust unbedeckt. Ein roter Teppich geleitete mich weiter an Türen entlang, links und rechts aufgereiht, einen Spalt geöffnet, manche geschlossen.

Eine alte Dame mit blonder Perücke, eine Tasche umgehängt, gestützt auf einen Rollator und von einem Pfleger begleitet, bat mich, dem Staatspräsidenten Grüße auszurichten. Ein Orden hing um ihren Hals.

»Ich bin der Präsident«, sagte ich und zeigte auf meine Brust.

»Nicht lustig, Monsieur. Fragen Sie sie besser, woher sie den Präsidenten persönlich kennt.«

Der Pfleger deutete auf den Orden.

»Sie ist Sandrine.«

»Sandrine?«

»Aber sie hat kaum mehr Erinnerungen.«

Mein Witz war mir peinlich. Ich hatte Sandrine im Olympia erlebt. Gemeinsam mit Céline. Hier waren wir einander nähergekommen.

Eine Tür öffnete sich.

»Ach, der Junge«, rief eine Männerstimme, »Louis wie aus dem Gesicht geschnitten.«

Meinte er mich?

So jung fand ich mich nun doch wieder nicht, aber im Verhältnis zu dem mit achtundneunzig Jahren verstorbenen angeblichen Großvater eröffnete sich für mich eine seit Langem nicht mehr erhoffte Zukunft.

Ein schlanker alter Mann, ein Sir, elegant gekleidet, mit kariertem Sakko, Krawatte und Stecktuch in ähnlichen Farben und doch in unterschiedlichen Mustern, schwarzen polierten Schuhen und einer perfekt gebügelten Bundfaltenhose kam mir entgegen.

Zwölf, vierzehn, auf einer Tür keine Zahl. Ich wurde gebeten, in den Raum ohne Nummer einzutreten.

Ein beinahe leeres Zimmer. Eine rote Nase baumelte an einem Gummiband an der Wand, in der Mitte ein Tisch, darauf ein gerahmtes Foto. Eine Vase mit bunten Blumen. Links an der Wand ein Messingbett. Sein Rahmen reflektierte die Sonnenstrahlen. Ich sah weg. Mein Blick blieb an einem Foto hängen.

Papa.

Ich als junger Mann.

Auch wenn das Bild in Schwarz-Weiß war, konnte ich seine dunklen Augen und Haare erkennen, die schlanke, längliche Nase.

»Die Direktion hat alles so belassen, bis die Erbschaft geklärt ist«, sagte der alte Herr, »die frischen Blumen bringe ich täglich.«

Ein bedrückendes Gefühl erfasste mich. Ich schob es weg.

»Sie kommen direkt aus Wien?«

»Ja.«

Unter Andeutung einer Verbeugung hielt mir der alte Herr die Hand entgegen.

»Gaston.«

Ich ergriff sie, nannte meinen Namen. Aber er wusste ihn bereits.

»Sie haben Herrn Pichereau gekannt?«, fragte ich.

»Sagen Sie Louis, er war doch Ihr Großvater. Wir kannten uns aus dem Stalag.«

»Aus dem Kriegsgefangenenlager?«

Gaston bejahte.

»Ich war Louis' Chauffeur, sein Garderobier, sein Freund, sein Weißclown.«

Mit Papa im Zirkus. Der Weißclown sei der strenge Chef des August mit langem Hut, schönem Kostüm, weiß geschminkt.

»In Wien ist Louis auch aufgetreten.«

Gaston erzählte mit ausholenden Bewegungen, als würde er auf einer Bühne stehen.

Ich musste noch einmal mit Mama sprechen, sie fragen, ob der falsche Großvater echt ist.

Gaston schien meine Gedanken geahnt zu haben.

»Niemand wusste damals etwas, nur Ihre Großeltern.«

»Welche?«, fragte ich.

Obwohl ich das schon von Florence wusste. Ich wollte ihn prüfen.

»Erna. Und ihr späterer Ehemann.«

Und Papa hatte wirklich nie erfahren, dass Opa nicht sein leiblicher Vater war? So hatte es die Notarin dargestellt. Jetzt schien es sich zu bestätigen. Aber irgendwann hätte es doch auffliegen müssen.

Gaston fragte, ob ich mehr über Louis wissen wolle.

Er bat mich in das Nebenzimmer, Nummer vierzehn. Es hatte dieselbe Größe wie jenes ohne Nummer. Ein quer über die hintere Zimmerwand aufgehängtes, lang gezogenes Plakat zeigte den Kopf eines lachenden Clowns, weiß und schwarz geschminkt, die Lippen hochgezogen, rot umrandet. Ein Hütchen auf dem Kopf und in riesigen Lettern:

LOUIS – LE CLOWN AU CIRQUE MEDRANO.

Kleine und große Fotos, viele in Schwarz-Weiß, hingen in Rahmen gefasst an den Wänden. In der Ecke ein gelber Holzstuhl. Daneben eine alte Kiste mit Plaketten und abgenutzten Griffen. Ein Spazierstock.

»Sie können sie gleich mitnehmen. Hier drin ist sein Leben. Louis hat alles Wichtige aufgehoben.«

Ich könnte sie zur Entsorgung einfach abholen lassen, dachte ich, während Gaston den Deckel hochhob, kurz den Inhalt freigab, dann den Deckel fallen ließ, sich dabei einen Finger einquetschte, sich vor Schmerzen krümmte, schließlich den Arm hochriss, die Hand mit dem verletzten Finger ausschüttelte, als ob er den Schmerz vertreiben wollte, um sich so auf den Koffer zu setzen, als wäre nichts geschehen.

»Was schauen Sie denn so?«, fragte er.

»Was war das denn?«, sagte ich.

»Ist mir gerade eingefallen.«

Gaston wiederholte den gesamten Ablauf.

Wie exakt der alte Herr Empfindungen und Gefühle darstellte, die Bewegungen laufen ließ und plötzlich zufrieden auf der Kiste landete, war eine kleine Nummer, die mich an Komiker in Stummfilmen erinnerte.

»Wie Chaplin«, sagte ich verlegen.

»Chaplin hat sich von Rhum, dem größten Clown aller Zeiten, inspirieren lassen. Aber auf der Leinwand ist viel von Rhums Kunst verloren gegangen. Sie sind auch ein Clown. Sie wissen es nur nicht.«

»Nur, weil ich manchmal witzig sein kann?«

Damals empfand ich mich noch als witzig. Und meine Freunde.

»Nein, nicht deshalb. Menschen, die witzig sein möchten, sind es nie«, sagte Gaston und sprang auf.

»Aber Sie sind kein böser, kein Killerclown wie aus den Hollywoodfilmen«, setzte er fort und tänzelte weiter herum.

So beweglich wie dieser fitte, alte Herr wollte ich in dem Alter auch sein. Sogleich erschrak ich über meinen Gedanken.

Gaston setzte sich wieder auf die Kiste.

»Das Pferd lebt in Saint-Denis«, sagte er, »ich kann Ihnen den Weg zeigen.«

Ich nahm neben ihm Platz, meinen Kopf auf die Hände gestützt.

»Was soll ich mit fünfzig Kilo Unterlagen und einem alten Pferd anfangen?«

»Drehen Sie einen Film über Louis. Treten Sie mit Mignonne auf. Sie ist fit, sie schafft es sicher noch viele Jahre, ein besonderes Pferd, ein Percheron, sie stammt aus der Nähe von Louis' Heimat.«

Auftreten. Was sollte dieser Blödsinn! Und von Percheronpferden hatte ich auch noch nie etwas gehört. Später wollte ich im Internet nachsehen.

»Ändern Sie Ihren Namen auf Philip Pichereau. PP. Klingt doch schöner als Muzak. Pichereau klingt wie ein sich in die

Lüfte erhebender Vogel, Muzak ist wie ein fallender, auf dem Boden aufklatschender Geier. MuZAK. Sie müssen wie Louis in die Lüfte, über die Meereswellen gleiten. Muzak fliegt nicht. Philip Picheroooo.«

Meinen Namen ändern, mit dem ich nun neunundvierzig Jahre gelebt hatte? Auch wenn Pichereau melodiöser klang als Muzak und der Familienname durch Opa in unsere Familie kam. Papa hat so geheißen. Die Oma. Mama.

»Sie haben kein Recht, über meinen Namen herzuziehen, das lasse ich nicht zu«, empörte ich mich und dachte daran, dass Louis Pichereau 1945 vielleicht einfach verschwunden war und Oma im Stich gelassen hatte.

»Sie reagieren beleidigt, das ist gut. Jetzt sind Sie witzig.«

Ich verstand nicht. Ärgerte ich mich, fand er mich witzig.

»Jetzt brauchen Sie nur noch eine rote Nase.«

»Das sagen Sie jetzt nur, weil Sie mich von der Erbschaft überzeugen wollen.«

»Glauben Sie mir einfach. Nehmen Sie die Erbschaft an und ich lehre Sie, wie die Komik des Clowns wirklich funktioniert.«

Gaston war aufgestanden, hatte die Kiste geöffnet. Er zog eine Zeichnung hervor.

»Louis hat Erna ein Leben lang geliebt.«

»Hat er das selbst gezeichnet?«, fragte ich.

»Ja.«

»Ich habe sie auch sehr gemocht«, rutschte es aus mir heraus.

Beinahe hätte ich geliebt gesagt.

»Ihr Großvater, also der, den Sie gehabt haben, also der Herr Muzak, war auf Louis schwer eifersüchtig gewesen. Er hat Erna sicher geliebt und sie geheiratet, obwohl sie von Louis schwanger war und nicht von ihm. Hätte er es nicht getan, wäre sie verurteilt, eingesperrt, vom ganzen Ort verteufelt worden. Die Gefangenen durften doch keinen Kontakt mit Einheimischen haben, schon gar keine Liebschaften mit Frauen. Und die Frauen ebenso nicht.«

Gaston zog einen weiteren Zettel hervor und hielt mir auch diesen hin.

SS-Dokument 1943, Stalag XVII A.

Die Ausstrahlung französischer Kriegsgefangener ist eine erhebliche Gefahr für die Reinhaltung deutschen Blutes. Bei mehr als neunzig Prozent aller Fälle von verbotenem geschlechtlichen Verkehr in der Ostmark sind Franzosen beteiligt.

Über das Dokument musste ich schmunzeln.

»Ihr Franzosen wart ja fleißig unterwegs, ihr wurdet eurem Ruf gerecht«, sagte ich.

»Bei euch waren fast alle Männer im Krieg oder tot, oder versehrt, die Frauen allein. Wir waren jung«, verteidigte sich Gaston, während er sich die Tränen aus den Augen wischte, ohne sein Gesicht zu berühren.

»Spielen Sie jetzt nicht den traurigen Clown«, sagte ich und wunderte mich über meinen Mut, den alten Herrn zurechtzuweisen.

Gaston beendete die Pantomime und stellte sich links neben mich. Ein Klopfen auf meiner rechten Schulter ließ mich erschrecken. Ich drehte mich um. Hinter mir war niemand.

»Nehmen Sie die Kiste gleich mit?«, fragte er mit unschuldiger Miene.

Ich unterdrückte ein Schmunzeln.

Wie kam der alte Herr auf diese Idee? Wie hätte ich sie mitnehmen können? Sie war schwer und sperrig. War Gaston so weltfremd?

»Unterm Arm?«, sagte ich lachend.

Jetzt musste mich Gaston doch witzig finden. Aber er holte ein zusammengeschnürtes Bündel Papier hervor und übergab es mir mit ernster Miene.

»Vielleicht hilft Ihnen das bei der Entscheidung.«

Sollte ich alles lesen, bevor ich mich entschied? Ich hatte zwar schon daran gedacht, meinen Rückflug umzubuchen, aber nicht um alte Papiere durchzuforsten.

»Nein. Ich muss zurück nach Wien.«

»Bleiben Sie noch. Sie können das Pferd besuchen. Und den Zirkus. Louis' Freunde kennenlernen, die können Ihnen von Louis erzählen.«

Der alte Herr war beeindruckend. Das musste ich mir eingestehen. Aber alles klang wie ein irrwitziger Traum. Großvater, Pferd, Kiste. Das brachte mir mehr Probleme, als ich brauchen konnte. Nur das Geld war hilfreich.

Mit »Ich halte Sie auf dem Laufenden« versuchte ich ihn ruhigzustellen.

Da zog er sein Mobiltelefon hervor. Mein Handy vibrierte.

»Woher haben Sie meine Telefonnummer?«

»Ich weiß mehr über Sie, als Sie denken. Bringen Sie das bitte Mignonne mit, wenn Sie sie besuchen. Karotten liebt sie. Und Bananen, aber von denen sollte sie nicht zu viele essen, sie bekommt leicht Verstopfung.«

Gaston überreichte mir einen Plastiksack mit Futter.

Zu spät. Ich konnte nicht mehr ablehnen, hatte bereits zugegriffen. Ein alter Verkäufertrick. Hatte man das angebotene Objekt einmal in der Hand, kaufte man. Ich bat um das Foto von Papa.

»Das gehört doch Ihnen.«

Aber was sollte ich mit dem Futtersack, wenn ich das Pferd nicht übernehmen würde? Brächte ich es ihm, könnte ich schwach werden. Ja, ich hatte vor, mich zu entscheiden, aber wann, wusste ich nicht.

Alles hing von der Perspektive ab. Wie die Notarin gesagt hatte. Und von meiner Angst, ich könnte mich falsch entscheiden.

13

Mit dem Futtersack in der Hand und dem Papierbündel unter dem Arm bestieg ich den lauwarmen Tunnel der Metrostation.

»Bleiben Sie doch noch eine Zeit lang hier.«

Gaston hatte leicht reden, er hatte seinen Beruf geliebt. Geld musste er auch keines mehr verdienen. Ich hingegen hatte bisher nichts gefunden, wovon ich dauerhaft leben wollte. Vieles versucht, nachdem ich das Studium abgebrochen hatte: Sekretär für eine Marketingfirma, Statist im Film, Deutschlehrer für Flüchtlinge, Texter für Sitcoms, Angestellter in einer Agentur. Ich beneidete ihn.

Den Hotelportier bat ich, das Pferdefutter im Kühlschrank aufzubewahren. Im Zimmer sah ich nach neuen Mails. Das Papierbündel war auf der Couch gelandet. Eine Agentur hatte sich gemeldet. Ob ich morgen um vier Uhr in ihrem Büro sein könnte, ein Kunde bestehe auf ein Gespräch mit mir. Seine Wurstfabrik erweiterte ihr Portfolio um vegane Fleischprodukte. *Mach's vegan.* In wenigen Tagen wollten sie eine Überarbeitung der Beschreibungen ihrer Produkte. Die mitgesendeten Fotos zeigten pflanzliche Würste, die wie Fleischwürste, und vegetarische Schnitzel, die wie Schweinsschnitzel aussahen. Ich sagte zu.

Noch fünf Stunden. Koffer packen, das Ticket vom Portier ausdrucken lassen, ab zum Flughafen. Der Entschluss, zurückzufliegen und von Wien aus die offenen Texte abzuarbeiten, hatte mir wieder Sicherheit gegeben. Wie gewohnt. Wenn auch nicht Zufriedenheit. Ich wollte mich mit Herbert treffen, ihm von der überraschenden Erbschaft erzählen. Mit Karl alle Fettnäpfchen bedenken, die mit einer Annahme der Erbschaft auftreten könnten. Im Prater spazieren und nachdenken. Beim Gehen kamen mir oft Lösungen in den Sinn. Von irgendwoher.

Mamas Anruf unterbrach meine Gedanken.

»Wo bist du?«

»In Paris.«

»Schon wieder?«

»Seit Langem wieder einmal. Aber ich bin auf dem …«

»Du solltest arbeiten.«

»Ich arbeite ja, ich habe einen neuen Auftrag.«

Ich zwang mich, freundlich zu bleiben.

»Wieder über neue Geräte?«

»Nein. Über vegane Fleischprodukte.«

»Warum nennen sie es Fleisch, wenn es doch kein Fleisch ist?«

»Mama, das weiß ich nicht. Das wollen sie so.«

»Du musst nach Hause kommen. Ich habe die Tochter einer Freundin eingeladen. Die wäre eine wunderbare Frau für dich.«

»Mama. Ich will jetzt niemanden.«

Ich hätte am liebsten mit dem Fuß aufgestampft.

»Übermorgen ist sie mit ihrer Mutter bei mir. Du kommst doch?«

Mir war das Blut bis zum Hals gestiegen.

»Lass mich damit in Ruhe.«

Stille.

»Bitte kein Streit. Ich meine es doch nur gut.«

»Also. Ich melde mich«, sagte ich schnell, bevor die Wut durchbrechen konnte.

Koffer und Bündel balancierend, stieg ich die enge Wendeltreppe abwärts. Der Portier hielt mir den Sack mit dem Pferdefutter entgegen. Ich fragte ihn, ob er für das Obst und Gemüse Verwendung habe. Er lehnte dankend ab und wünschte mir einen schönen Tag. Das wünschte er immer.

Entschlossen, aber etwas unglücklich, Paris den Rücken zu kehren, bestieg ich vollbepackt die Metro. Den Futtersack musste ich loswerden. Ich ließ ihn auf einem der roten Plastiksitze stehen. Vielleicht hatte jemand anderer Freude mit seinem Inhalt.

In der RER beobachtete ich ein junges Paar. Sie zwängten ihre riesigen, mit Plastik eingewickelten Koffer zwischen sich und die anderen Fahrgäste. Ein Krampf im Bein. Jetzt erst bemerkte ich, dass mein linker Fuß zwischen ihren Koffern eingesperrt war. Ich versuchte ihn, begleitet von »Pardon«, »Sorry«, aus der Beklemmung zu befreien. Die beiden lächelten und nickten mehrmals wie der Wackelkopf-Dackel aus Opas VW Käfer.

Noch fünfundzwanzig Minuten bis zum Flughafen. Ich zog ein Foto aus dem Papierbündel hervor. Wie ähnlich er mir war. Oder ich ihm. Mit der Hand wischte ich über meine Augen (nicht pantomimisch, wie Gaston es getan hatte), er hätte doch an meiner Stelle die Erbschaft übernehmen sollen. Ein anderes Foto war herausgefallen: verschmutzte Schuhe, die Fußsohle hochgebogen. Auf der Rückseite eine Notiz.

Das sind meine Schuhe. Ehrlich gesagt, nicht meine, es sind die eines Boche. Meine waren zerrissen, die Sohle durchgetreten, ich war beinahe barfuß gegangen. Er lag da, tot. Wirklich tot. Gaston hat sich auch welche von einem anderen Deutschen geholt. Die Schuhe waren meine Heimat. Sie haben mich bis nach Hause gebracht.

Juni 1945

War Louis nach der Befreiung durch die Russen zu Fuß nach Frankreich gekommen? Er musste wochenlang unterwegs gewesen sein. Vielleicht monatelang. Marschieren. Fahrten in Viehwaggons. Von Lastwagen mitgenommen. War es eine Flucht? Vor den Russen? Vor Opa? Fort von Oma? Oder wollte er nur zurück in seine Heimat?

Philip, fliehst du jetzt wieder, wie damals, vor einer neuen Zukunft?

Georg hatte mich gedrängt, mein begonnenes Philosophiestudium nicht hinzuschmeißen und in Paris zu bleiben (er hatte sich intensiv in sein Physikstudium gestürzt). Ich hatte nicht auf ihn gehört, sondern war den rufenden Aufforderungen aus dem Dorf gefolgt. Du gehörst hierher. Du musst Mama helfen. Nach Papas Tod musst du jetzt die Hauptrolle übernehmen.

Ich war zurückgegangen, um wieder am falschen Ort zu landen, hatte meine Hoffnungen in der Schublade verschwinden lassen, mich hineingeritten in einen Schlamassel, aus dem ich danach über zwanzig Jahre lang nicht mehr herauskam. War jetzt vielleicht wieder ein günstiger Zeitpunkt gekommen, an dem ich mich meinem eigenen Leben stellen sollte? Wenn wahr war, was ich seit zwei Tagen gehört, gelesen und erlebt hatte, dann müsste ich das Drehbuch meines Lebens umschreiben und es selbst in die Hand nehmen. Wenn, dann müsste ich doch …

Am Flughafen angekommen, wechselte ich den Bahnsteig und bestieg den Zug in Richtung Paris. Der Agentur schrieb ich, ich sei überraschend erkrankt (das Fleisch, das kein Fleisch war, konnte warten). Im Hotel Michelet reservierte ich per Telefon für weitere Tage.

14

Mein altes Zimmer war bereits vergeben. Das neue eröffnete mir, von einem kleinen Schreibtisch aus, den Blick auf die Rue Saint Denis.

Ich stellte das Foto mit Papa auf den kleinen Schreibtisch und öffnete mein Notizbuch. Die wichtigsten Stellen aus Herberts morgendlichem Vortrag über Vico hatte ich mir noch vor dem Abflug notiert. »Der Mensch macht die Geschichte selbst. Er bemerkt nicht, dass er ständig die Vergangenheit in neuem Gewand wiederherstellt.« Wenn Mama tatsächlich nicht wusste, dass Papa einen anderen Vater gehabt hatte, allein meine Großeltern, und die ihm nie die Wahrheit verrieten, dann wollte ich ihnen auch nicht vertrauen. Nicht mehr. Auch über das Grab hinaus nicht. Rückwirkend das Vertrauen entziehen. Ich entziehe es euch. Jawohl. Ich kämpfte gegen meine Wut. Mir fiel es leichter, den Opa an die Wand zu stellen, ihn zu prügeln, zu beschimpfen. Leichter als Oma. Sie war wohl in die Zwickmühle geraten zwischen Verraten und Verleugnen. Sie hätte zu ihrem Kind stehen müssen. Aber sie hat es doch getan, sich geschützt und somit ihr Kind. Später hätte sie es ihm wirklich sagen können. Ich war nun auch auf sie wütend. Sie war für dich da, Philip. Meine Wut wandelte sich in Zuneigung und in Sehnsucht nach ihr. Mehr als Mama war sie meine Mutter gewesen. Aber hätte sie es Papa gesagt, dann … wenn, wenn, wenn.

Ich zögerte, bevor ich das Bündel hervorholte und aufschnitt. Mehrere kleine Bündel fielen auseinander. Zu intim erschien mir all das. Schließlich stellte ich alles auf den Couchtisch und zog die Dokumente aus der Mappe, die mir die Notarin mitgegeben hatte.

Louis Pichereau. Né le 25.11.1923 à Lens. Décédé le 7.9.2022 à Paris.

Lens, zeigte das Internet, lag zweihundert Kilometer nördlich von Paris, ehemaliges Kohlerevier, im Ersten Weltkrieg von Deutschen besetzt, die Hälfte der Bevölkerung verloren, im Zweiten Weltkrieg wieder von deutschen Truppen besetzt, 1944 befreit, Louvre-Lens ist eine Zweigstelle des Louvre.

Die kleine Stadt schien sich aus den vielen Zerstörungen wieder aufgerappelt zu haben. Nicht wie mein Heimatort, der dahindümpelte, von napoleonischen Truppen geplündert, an das Militär verkauft, ohne Bürgermeister und inzwischen ohne Gasthaus, die Kirche ausgehöhlt. Nichts erinnerte mehr an das blühende Dorf, an den Steinbruch, mit dessen Steinen Schlösser und Kirchen gebaut worden waren, an freiheitsliebende Steinmetze aus ganz Europa, an die Meerestiere und -pflanzen aus Urzeiten, römische Straßen und Villen, an das Lager der Kriegsgefangenen, in dem Tausende Männer umgekommen waren.

Heute militärisches Sperrgebiet.

Eine lang gestreckte Mauer.

Ein Plakat. *Dein Heer. Gerüstet für die Aufgaben von Morgen.*

Ein im Wald versteckt vor sich hinvegetierender Friedhof. Über dem Eingang ein Schild: *Lagerfriedhof.*

15.4.1943, STALAG XVII A

Lieber Großvater, liebe Maman!

Ich habe jetzt Ihre Nachrichten erhalten. Das hat mich sehr gefreut, und ich musste nicht allzu lang darauf warten. Ich nehme an, dass Sie alle bei guter Gesundheit sind. Das Wetter ist schön.

Am Sonntag war es wunderbar und es hat sehr gutgetan, spazieren zu gehen. Ich habe darum gebeten, mit Gaston arbeiten zu dürfen.

Die Familie ist freundlich, bei der ich arbeiten muss. Sie ließen mich an ihrem Tisch sitzen, wir haben gemeinsam gegessen, obwohl dies verboten ist. Gestern wurde ihnen mit Gefängnis gedroht, wenn sie das nicht sofort unterlassen.

Ganz schön mutig, meine Urgroßeltern.

Erna ist die Tochter. Ihr Verlobter ist schon vor zwei Jahren gefallen.

Ich dachte, sie war mit Opa verlobt?

Wenn Onkel Jacques das Paar Socken geschickt hat, machen Sie mir ein Paket mit Wäsche und schicken Sie es bitte hierher. Ich hoffe, wie alle meine Kameraden, bald die Freude zu haben, Frankreich wiederzusehen.

Nur, ich weiß noch nicht, was ich mache, wenn ich zurückkomme. Das ist eine beängstigende Frage für mich, und ich bin wahrscheinlich nicht der Einzige, der sie sich stellt.

Klar, er wollte verschwinden.

Wie geht es Papa, schmerzt sein Beinstumpf? Ist Onkel Pierre noch in Lens? Hat sein Hof sehr gelitten? Wenn Sie an die Lebretons schreiben, richten Sie ihnen schöne Grüße aus. Ich kann nicht an alle schreiben. Ich muss mich mit meinen zwei Karten und zwei Briefen pro Monat begnügen.

Grüße an alle, ich umarme Sie alle vier von Herzen und mit viel Liebe, Louis.

In welch liebevoller Familie war Louis aufgewachsen? Oder hatte er sich seine Familie beschönigt, wie ich meine Kindheit und Jugend aufpoliert hatte, um das Sichschuldigfühlen, die Sorgen um Papa wegzuschieben, obwohl ich zugleich wusste, wie verkehrt dies war? Ein Vater soll sich Sorgen um den

Sohn machen, nicht umgekehrt. »Uns ging es doch gut«, sagte Mama, kam ich auf meine Kindheit zu sprechen, obwohl ich meine Eltern angespannt und sichtbar unglücklich erlebt hatte.

Ich konnte sie nicht glücklich machen, nicht retten. Was bin ich doch für ein undankbares, wehleidiges Kind, beschimpfte ich mich dann und zog mich in mein Zimmer, in den Wald, in den Stall zurück.

Morgen würde ich zum Friseur gehen, die Haare kürzer schneiden lassen, eine neue Hose und Weste kaufen. Aber davor das Pferd besuchen und sehen, ob es gesund war. Wäre es krank, müsste ich es einschläfern lassen. Sicher nicht einem Fleischer übergeben.

Ich schleppte mich zum Bett, streifte mir die Kleidung ab und versank in einer Matratze, wie ich sie von früher kannte.

15

Während ich meinen Kaffee trank, sah ich Céline. Proteste gegen die Polizeigewalt. Sie interviewte eine Frau. Meine Erinnerungen ließen die alten Gefühle auftauchen, als wäre keine Zeit verstrichen. Wie frei und naiv ich doch gewesen war. Ich könnte dort anschließen, wo ich einst aufgehört habe, überlegte ich. Ihre alte Adresse wusste ich noch. Die Wohnung ihrer Eltern nahe dem Parc Monceau.

Wischen über das Display, wieder war keine Adresse zu finden, nirgends eine Telefonnummer.

Es war schon nach neun Uhr. Ich wollte doch zum Pferd. Ich gab Cirque Lunelli ein.

211, Rue du Landy, Saint-Denis, zu Fuß bis Grands Boulevards, dann die M8, umsteigen zu M14, mit Bus 173. Fünfunddreißig Minuten, sagte mein Smartphone.

Von Weitem war das Schild zu sehen. Cirque Lunelli. Angebracht an der hohen Mauer eines Fabriksgebäudes. Wie ein Junges neben seiner Mutter stand ein rotes Zelt, Fähnchen flatterten an der Spitze, daneben aufgestapelte Autoreifen und eine zusammengestürzte Hollywoodschaukel, in einer Ecke ein Bus ohne Räder, Wohnwagen rundherum drapiert. Von der hinter den Wolken auftauchenden Sonne begleitet, überlegte ich unsicher, wie mich die Zirkusleute aufnehmen würden. Die mit Stroh bestreute feuchte Wiese dämpfte meine Schritte. Aus dem Zelt hörte ich Stimmen.

»Was suchen Sie?«

Eine Frau im Trainingsanzug, ein Handtuch um den Hals gelegt, wiederholte ihre Frage.

»Mignonne. Ich bringe ihr Futter«, antwortete ich.

Beim Araber hatte ich noch Karotten und Bananen gekauft (zu dumm, dass ich Gastons Futtersack in der Metro hatte stehen lassen!).

»Philip Pichereau?«

Kennen die mich als Pichereau? Was haben Gaston und Louis Pichereau über mich erzählt? Sie kannten mich doch gar nicht, auch wenn Gaston behauptete, mehr über mich zu wissen, als ich dachte.

Sie stellte sich als Monique vor, zog den Vorhang zur Seite und ermöglichte mir den Blick in ein Zirkuszelt. Ein runder, hoher Raum in Rot, Gelb, Weiß, auf Stangen gestützt, eine von Scheinwerfern erleuchtete Manege mit leeren, roten Bänken rundherum, gespannte und lose hängende Seile, springende Männer und Frauen. Ein Pferd trabte gemächlich im Kreis, blieb stehen, drehte sich um, lief in die entgegengesetzte Richtung. Kommandos oder Hilfen für das Pferd waren nicht zu erkennen, es schien von selbst zu traben, stehen zu bleiben, sich um einhundertachtzig Grad zu drehen, wieder im Kreis zu laufen.

Laszlo war auch von selbst vor jedem Beet stehen geblieben, das gegossen werden musste. Opa ließ die Zügel hängen, lief neben ihm her. Das Pferd reagierte nur auf seine Bewegungen und auf seine Stimme.

»Mignonne«, sagte Monique, »wird gerade bewegt, sonst wird sie traurig, stirbt uns weg. Eigentlich läuft sie von selbst. Sie übt gerade ein Entrée von Louis.«

Der Zirkus erschien mir wie aus meiner Kindheit, und aus meiner Pariser Zeit. Wie der Zirkus Fratellini oder der kleine Cirque de Paris mit großem Namen.

Vor »Zigeunern« und Komödianten sollte man sich in Acht nehmen, hatte Opa gewarnt. Aber Papa hatte sich nie daran gehalten und war mit mir in den Zirkus gegangen. Schon damals hat es nur mehr wenige gegeben. Kaum einen von ihnen fand man heute noch. Wie den Roncalli. Aber auch der war aus der Zeit gefallen. Gute Clowns waren verschwunden oder zu Krankenhaus-Clowns geworden. Selten sah man noch Pferde, obwohl die runde Manege einst für sie erfunden worden war. Wildtiere durften nicht mehr auftreten, dafür hatte auch ich in einem Volksbegehren unterschrieben.

Ein Seiltänzer mit einer flatternden Hose kletterte auf seiner Strickleiter abwärts, eine Jongleuse ließ ihre Bälle in den Sand fallen, ein muskulöser Mann seine Riesenhanteln. Akrobaten in glanzlosen Trikots stellten sich nebeneinander auf wie zu Beginn und Ende eines Auftritts. Namen wurden nach hinten gerufen. Auch das Pferd war stehen geblieben. Ich wurde angelächelt.

Monique zog mich am Arm zu den anderen.

»Das ist er«, rief sie wie zur Ankündigung einer großartigen Nummer.

Alle applaudierten.

Ich trat einen Schritt zurück, dann zur Seite. Ich wäre am liebsten sofort wieder verschwunden, doch ein Suchscheinwerfer folgte mir und stellte mich immer wieder ins Licht. Ein Zirkusarbeiter lachte von einer Leiter aus auf mich herunter, während ich den Blick senken musste, um nicht vom grellen Licht geblendet zu werden. Monique stellte sich neben mich. Einer nach dem anderen näherte sich. Sie drückten mir die Hände, manche mit Tränen in den Augen.

Wie eingefroren muss ich dagestanden sein, obwohl mir heiß geworden war. Spinnt ihr? Ich war doch nur der vermutete Enkel des Clowns Louis, meines angeblich biologischen Großvaters.

Ich zuckte zusammen, ich war gestoßen worden. Das Pferd hatte versucht, in meinen Taschen zu kramen. Monique gab mir eine Karotte, ich hielt sie ihm hin. Die Karotte knackte. Den restlichen Stummel hielt ich ihm mit der flachen Hand entgegen, wie Opa es mir gezeigt hatte. Seine Lippen suchten das Futter, die Berührung ließ meine Hand jucken. Es stupste mich mit den Nüstern.

»Das ist Mignonne. Sie möchte eine Banane«, sagte Monique.

Ich schälte eine, hielt ihr das Innere hin.

Sie nahm es mit den Lippen auf.

»Werfen Sie jetzt die Schale auf den Boden.«

Ich weigerte mich.

»Machen Sie schon!«

Widerwillig ließ ich die Schale fallen.

Mignonne wartete.

»Jetzt gehen Sie vor und steigen auf die Schale.«

Meine Schuhe waren bereits schmutzig geworden und voller Sand.

»Jetzt müssen Sie ausrutschen. Aber nicht mit ihrem eleganten Anzug.«

Alle lachten.

Mignonne ging näher zu mir und stieß mich mit dem Kopf so, dass ich einen Schritt nach vorne stolperte.

»Das gehörte zu Louis' Nummer.«

Ich verstand nicht. Das sollte lustig sein?

»Louis hat ihr eine Banane gegeben«, erklärte Monique, »dann die Schale auf den Boden geworfen, war auf ihr ausgerutscht, hat wieder eine Banane geschält, sie ihr gefüttert, die Schale auf den Boden geworfen, war diesmal mit weitem Schritt über die Schale gestiegen, hat stolz gelacht, das Pferd überlistet zu haben, hat wieder eine Banane geschält, die Schale betont lässig auf den Boden geworfen, war auf ihr ausgerutscht und zu Boden gefallen. Das ist eine einfache Nummer, wie alle guten Clownsnummern. Louis betrat die Arena, mit den Händen in den Hosentaschen, und die Leute lachten bereits. Mit NICHTS. Das ist Kunst. Sie hängt nur von der Begabung des Clowns ab. Louis war einer der Besten.«

»Der Beste«, rief die Jongleuse.

»Haben Sie sein Talent geerbt?«, fragte Monique.

Auf Zehenspitzen stehend umarmte sie den Hals des mächtigen Pferdes. Ich sah Tränen in ihren Augen.

»Bis jetzt nicht«, sagte ich und lachte.

Die Jongleuse hatte ihre Bälle wieder aufgenommen, der Seiltänzer kletterte die Strickleiter hinauf.

»Schade«, sagte Monique.

Das Pferd bewegte sich mit ihr um den Hals näher zu mir und stupste mich wieder.

»Sie hat Sie aber angenommen. Vielleicht haben Sie doch etwas von Louis geerbt«, sagte der Gewichtheber.

Er hatte sich vor mich gestellt.

Unsinn. Wie sollte sich so etwas vererben.

»Nur wegen dem Obst und Gemüse, auch sie ist bestechlich«, sagte ich.

Ich hätte keine Ahnung, erklärte er mir, jeden, den sie nicht möge, beiße sie sofort.

»Und das sagt ihr mir erst jetzt?«, sagte ich empört.

Kurz war ich erschrocken. Aber das Pferd wandte mir noch immer die Ohren zu, ein Zeichen von Neugierde und Vertrauen.

Das hatte ich auch von Opa gelernt.

Ich strich mit den Händen über ihre riesige Kruppe. Das Pferd drehte mir den Kopf zu und antwortete mit einem heftigen Ausblasen. Moniques Gesicht und mein Sakko waren nun weiß gesprenkelt.

»Das war der Test«, sagte Monique, während sie sich den Schleim wegputzte. »Sie gehören doch zu uns.«

Halt. Ich stoppte die Szene. Noch wollte ich nicht wahrhaben, dass die Sache mit Louis stimmte. So schnell ließ ich mich nicht breitschlagen. Dachten sie, ich hätte viel Kohle? Außerdem war ich kein Akrobat, kein Tierbändiger, nur ein Pferdeliebhaber, kein Clown, ich konnte für sie nur als Pferdepfleger sinnvoll sein oder als Helfer in der Manege und das war keine Zukunft für mich.

Monique verschwand hinter dem Vorhang. Still standen die anderen um mich herum. Das Pferd schabte mit dem Huf, wollte mich wieder stoßen. Aber ich wich rechtzeitig aus, stellte mich weiter weg von ihr und stand im aufdringlichen Licht. Der Zirkusarbeiter auf der Leiter hatte mich mit seinem Scheinwerfer verfolgt.

Monique kam mit einer Holzschachtel in Händen zurück und hielt sie mir entgegen.

»Das ist Louis' Schminkkasten. Wir wollen ihn Ihnen schenken.«

Mit dem Arm wischte sie sich über das Gesicht.

»Vielleicht können Sie als sein Enkel bei uns auftreten. Seit Louis nicht mehr ist, kommen kaum mehr Leute in unseren Zirkus.«

Auftreten? Ich schwitzte. Nicht nur wegen der Hitze des Lichtstrahls. Es gab dafür gewiss würdigere Menschen als mich.

»Ich muss noch einmal mit Gaston sprechen, dann werde ich mich wieder melden. Versprochen«, beteuerte ich und verabschiedete mich rasch.

Vor dem Ausgang putzte ich die Schuhe mit einem Taschentuch sauber. Den verschmutzten Fetzen warf ich in eine der Mülltonnen. Dann drehte ich mich um. Sie standen und winkten mir zu.

Ich fühlte mich anders als gewohnt. Als ob Arme und Beine zu mir gehörten, bereit zum Ausholen. Ich verstand meine Empfindungen nicht. Vielleicht hatten sie mich wirklich angenommen. Wollte ich von ihnen angenommen werden? Zumindest das Pferd hatte es getan. Vielleicht glaubten sie wirklich, ich hätte von Louis den Clown geerbt. Oder Louis wäre reich gewesen, wie der Clown Grock reich gewesen sein soll, und ich würde Unmengen an Geld erben. Nein. Nicht so böse denken, Philip.

Auf dem Weg zum Bus hielt ich an. Das war der Test, hatte Monique gesagt. Was sollte das für ein Test sein?

16

Im Gehen zerbrach ich mir den Kopf darüber, wie ich es anstellen konnte, Céline zu treffen. Ich wollte sie sprechen. Nicht nur, weil ich hier sonst niemanden wusste, dem ich das Unglaubliche, das mir widerfahren war, erzählen konnte.

Mein Magen knurrte.

Die Gewohnheit, ihn immer erst dann zu füllen, wenn ich Hunger verspürte, hatte mich seit meiner Scheidung schlanker werden lassen. Doch noch nicht so, wie ich damals mit Céline gewesen war.

Ich beschloss, erst am Abend etwas zu essen.

Ob sie mich überhaupt sehen wollte? Gefiele ich ihr noch?

Sie wird nicht mehr in der Wohnung ihrer Eltern wohnen. Vater oder Mutter waren vielleicht schon gestorben. Oder beide. Ich könnte sie in der Redaktion überraschen. Würde sie mit mir sprechen? »Ihr Wiener, bei euch weiß man nie, woran man ist.« Vielleicht hatte sie recht. Und wie würde Georg das sehen?

Ich verwarf mein Vorhaben, hoffte auf eine andere Möglichkeit. Auf ein Wunder. Einen Zufall, da ich mich nun doch entschieden hatte, länger in Paris zu bleiben.

Gastons Nummer erschien auf dem Handy.

Ich setzte mich auf einen der Plastiksitze der Metrostation.

»Und, schon entschieden?«, fragte er.

Seine Stimme klang munter.

»Ich bleibe noch eine Zeit lang hier«, sagte ich.

»Kommen Sie doch am Nachmittag zu uns. Dann könnten

Sie gleich Louis' Freunde kennenlernen. Wenn Sie mir nicht vertrauen, bekommen sie von ihnen Antworten, die Ihnen vielleicht helfen.«

Das war es nicht. Ein Teil in mir selbst konnte es nicht fassen. Kann ich nach dem Auffliegen der Familienlüge überhaupt noch jemandem glauben? Bis vor zwei Tagen war alles noch gewesen, wie es eben war. Gewohnt und sicher. Wenn auch langweilig. Ich hatte meine falsche Herkunft mein Leben lang als normal empfunden und mich mit ihr in der Gegenwart eingerichtet. Ein anderer Großvater brachte nun alles durcheinander. Alles ging so schnell. Zu schnell. Aber diesmal schien mir mein Bleiben nicht als Flucht. Ich wurde von niemandem bekehrt, verführt, überredet.

»Um vierzehn Uhr dreißig in der Maison des Artistes?«, fragte Gaston.

Eröffneten neue Antworten auf meine Fragen neue Chancen? Nützte man sie nicht, kämen sie lange nicht wieder. Oder nie mehr.

»Gut. Ich werde dort sein«, sagte ich schließlich.

Ich glaubte, seine Freude durch den Äther wahrzunehmen.

Fragen, die ich am Nachmittag beantwortet haben wollte, notierte ich in mein Heft: Gibt es weitere, objektive Beweise, dass ich der Enkel von Louis bin? Hat Louis meinen Vater als Kind gesehen? Hatten Erna-Oma und Louis nach 1945 Kontakt oder war Louis einfach verschwunden?

Der Kugelschreiber blieb ständig auf dem Papier hängen, riss es ein und das Geschriebene wurde unleserlich.

Auf dem Weg tauchten weitere Fragen auf wie die Metrostationen: Ménilmontant – Couronnes – Belleville – Jaurès – Stalingrad.

17

Ein Mann versuchte, einen Buchsbaum zu einer Kugel zu trimmen. Bänke und Wege waren leer, weder Gäste noch Pflegerinnen zu sehen.

Ich betrat die Eingangshalle des Altenheims. Gaston, den Kopf zur Seite geneigt, saß auf einer Bank und schlief (oder mimte er nur den Schlafenden?). Sein stoßartiges Schnarchgeräusch ließ ihn aufspringen.

»Philip!«, hallte es.

Mit ausgebreiteten Armen lief er mir entgegen, ergriff mit beiden Händen meine rechte, schüttelte sie heftig und führte mich anschließend durch einen Gang bis zu einer Glastür. Er ließ mir den Vortritt.

Im Salon saßen Menschen in Uniformen, Anzügen, Glitzerkleidern, karierten Sakkos lesend, plaudernd, still auf Fauteuils.

Ich überflog die Runde. Nicht bei allen konnte ich sofort erkennen, ob Frau oder Mann.

»Wohnen Sie alle hier?«, fragte ich.

»Natürlich. Wir sind doch die Maison des Artistes«, sagte Gaston. Wir seien hier im Seitentrakt. Den gäbe es schon seit über fünfzig Jahren, um ehemaligen Artisten ein würdevolles Leben im Alter zu ermöglichen. Louis habe mit seinen Ersparnissen den Trakt des Heimes gegründet und mit seinen Einnahmen die Kosten für jene übernommen, die es sich nicht leisten konnten. Er selbst habe auch sein Erspartes bereits beizeiten dem Haus vermacht, sollten, wie Gaston es formulierte, seine Lichter verlöschen.

Louis hatte also mehr gehabt als nur fünfzehntausend Euro. Ich wippte unruhig mit dem Fuß.

Gaston bemerkte meine Unruhe.

»Die Miete ist bis Ende November bezahlt. Sein Zimmer muss ich in wenigen Tagen räumen.«

Hätte Louis nicht alles hergegeben, wäre die Erbschaft saftiger ausgefallen, ärgerte ich mich und war knapp daran, wieder zu gehen, hätte Gaston mich nicht zurückgehalten.

»Wir können Ihnen manches beantworten, was Sie noch nicht wissen. Sie werden eine Freude haben.«

Ich bremste mich ein. Wegen Geld allein wollte ich keinen Fremden zu meinem Großvater erklären.

Ob ich nur kurz in Louis' Zimmer warten könne, entschuldigte sich Gaston, seine Schwester habe um dringenden Rückruf gebeten. Er sei bald zurück.

Im Sitzen richtete ich mich so weit auf, dass ich den Deckel der Kiste heben und ins Innere sehen konnte. Wer war Louis? Ein Clown. Wenn er so viel Geld für das Künstlerheim spendete, musste er ein berühmter sein. Die meisten Artisten wurden nicht reich. Schon gar nicht berühmt. Ich kramte, hob heraus, schob zur Seite. Papierbündel, Schachteln, kleine Objekte, eine Schneekugel mit der Aufschrift *Gruß aus Wien*, darin der Stephansdom, ein Pferd aus Porzellan, ein Clownspuppe. Mit der Hand in der Tiefe wühlend suchte ich weiter, zog einen Stapel Fotografien heraus und drehte die auf der Rückseite beschrifteten Bilder um.

Garçon de piste.

Ich verdiente mein Geld als Manege-Arbeiter, kehrte den Mist weg, trug Geräte, Teppiche, Requisiten rein und raus, bereitete die nächsten Nummern vor. Daraus machte ich Clownsnum-

mern. Das Publikum erlebte keine Pausen, sondern unterhaltsame Entrées.

Ich in einer kurzen Hose.

Ich war ein guter Turner. Akrobatische Kunststücke fielen mir leicht. Ich übte viel, wollte immer etwas Neues erfinden. Vergaß ich etwas, ein Objekt hereinzutragen oder einen Text, oder eine vereinbarte Bewegung, erfand ich neue Geschichten. War ich traurig oder erschöpft, gelangen mir die besten Entrées.

Ich mit Klarinette im Lager.

Eine Klarinette, die ich zum Spielen im Gefangenenlager bekommen habe, wenn ich für das Wachbataillon auftreten musste, mit französischen oder italienischen Liedern, meistens wurden aber deutsche verlangt. Vor der Kaserne und solches Zeug.

Ich mit den Wachleuten.

Ich unterhielt anfangs alle, auch den Kommandanten, die Wachleute, jonglierte mit Dosen oder Steinen, ging auf den Händen, flog durch die Luft mit Salti und Flickflacks. Später nicht mehr, da war ich zu schwach geworden.

War Gastons Schwester vielleicht krank, auch sie musste alt sein, ging mir durch den Kopf. Inzwischen waren mehr als fünfzehn Minuten vergangen. Oder war es wieder ein Trick von Gaston, um mich mit Louis' Vergangenheit allein zu lassen?

Fotos von Grock, den Fratellinis, Jacques Tati, Clown Rhum. Auf einer Rückseite: *Der Clown Rhum erfand betrunken die besten Nummern.*

Café Amacord.

Hier treffen sich alle. Annie Fratellini, Pierre Etaix und ande-

re. Wir laden berühmte und unbekannte Clowns ein, junge und alte. Beginnt einer eine Geschichte zu erzählen, picken die anderen schon ein Stichwort heraus und improvisieren die tollsten Szenen. Wir lachen viel. Wir können keine Geschichte zu Ende bringen, aus einer werden zehn oder ganze Clownsstücke.

Ich als Clown in Wien im Zirkus Krone 1953. Am nächsten Tag habe ich Erna und meinen Sohn gesehen.

Louis hat Oma und Papa also getroffen? Sah ihn Papa, ohne zu wissen, dass er sein Vater war? Wie wäre es gewesen, hätte er erfahren, dass sein Vater ein Clown war?

Ich mit Besen und Kübel.

Klopfen holte mich zurück in den Raum. Gaston war eingetreten, hatte das rote Sakko gegen ein blaues getauscht und zeigte auf das Foto.

»Anfangs benutzte Louis alles Brauchbare, das er im Packwagen finden konnte: Besen, Stühle, Eimer, Schubkarre, alles. Später reduzierte er die Objekte. Zu viel Dekor ruiniert jede Nummer. *Si c'est trop, c'est ne pas assez.* Bald musste er nur vor den Vorhang treten und die Leute lachten.«

Danach holte Gaston ein Theaterprogramm hervor.

»Louis hat ein Stück für zwei Clowns erfunden. Über viele Wochen haben wir vor ausverkauftem Haus gespielt. Jacques Tati war begeistert und wollte Louis für einen seiner Filme engagieren. Aber das klappte nicht«, sagte er und schüttelte den Kopf, »zwei Kaliber in einem Film. Das ging nicht gut.«

Mit Oma im Kino. Ich muss zwölf oder dreizehn Jahre alt gewesen sein. Oma hatte leise geweint, obwohl der Film lustig war. Später verstand ich: Sie hatte sich in Frankreich gesehen. Ein Film über einen Briefträger, den die Dorfbewohner verspotten, weil er mit seinem alten Fahrrad ungeschickt die Post ausliefert. Jahre später habe ich ihn wieder gesehen: »Tatis Schützenfest«.

»Gehen wir«, sagte Gaston.

18

Ein riesiger Glasluster unterstützte das durch die hohen Fenster eintretende Sonnenlicht. Spiegel an den Wänden vervielfachten die am weiß gedeckten Tisch sitzenden Menschen in verschiedenfarbigen Gewändern. Kuchen, Torten, Schlagsahne, Kannen, Wein in Kühlern waren vorbereitet. Gaston bot mir einen der beiden leeren Stühle an und begann, ein Gespräch einzuleiten. Sandrines Blick war auf den Teller vor ihr gerichtet.

»Ich denke, wir stellen uns alle erst einmal vor.«

»Bitte lauter«, wurde gerufen.

»Ich denke, wir stellen uns erst einmal vor, damit Philip weiß, mit wem er es hier zu tun hat und sich nicht vor uns fürchten muss.«

Dabei lachte er.

Ich fürchtete mich nicht vor den schrägen Alten, wollte aber lieber auf die Vorstellungsrunde verzichten und nur meine Fragen beantwortet haben. Ich nahm mein Notizbuch zur Hand.

»Warum sind alle so sicher, dass ich der Enkel von Louis bin?«

»Wir alle wissen: Philip muss der Enkel von Louis sein!«

Applaus.

Ich wollte die nächste Frage stellen, aber eine Dame mit weißen Spitzenhandschuhen hob die Hand.

»Bitte, Aurora«, rief ihr Gaston zu.

Sie lächelte und deutete beim Aufstehen einen Knicks an.

»Ich bin seit meinem dritten Lebensjahr Bodenakrobatin. Wenn Sie möchten, Monsieur Philip, können Sie in meine

Trainingsstunden kommen, jeden Morgen um neun Uhr. Ich würde mich geehrt fühlen.«

»Kann ich nur empfehlen«, rief ein Herr in einem roten, mit silberfarbenen Schlangen bestickten, falsch zugeknöpften Sakko, das Rot der Jacke war blass geworden. Ein Cowboyhut lag vor ihm. Er stellte sich als Jarome, der Messerwerfer vor.

»Sie haben mich sicher schon gesehen, in Varietés, Zirkussen, im Fernsehen. Ich habe die halbe Welt bereist.«

Ich nickte höflich, konnte mich aber an keinen seiner Auftritte erinnern.

»Warum sollte er dich gesehen haben?«, entgegnete Aurora genervt.

Jarome nahm eines der Tortenmesser in seine zitternde Hand. Die neben ihm sitzende schlanke Figur (sie erinnerte mich an einen der Transvestiten aus dem Etablissement Madame Arthur, das ich regelmäßig besucht hatte) nahm ihm das Messer aus der Hand.

»Lass das! Du verletzt wieder einen von uns«, sagte sie, während sie über seine blond gefärbten Haare streichelte und ihm den Hut aufsetzte.

»Coccinelle de Beauville«, sagte sie und warf mir eine Kusshand zu.

Wo war ich hier nur gelandet. Die Runde erinnerte mich mehr an eine der Travestieshows als an eine Fragestunde zu meinem vermeintlichen Großvater. Auch wenn ich die alten Leute originell fand, ich wäre am liebsten geflüchtet und wohin auch immer gelaufen, vielleicht zurück zur Kiste in Louis' Zimmer. Darin hätte ich wohl eher weitere Antworten zu meinen Fragen gefunden.

Ein Herr in einem karierten Anzug mit lila Krawatte und Stecktuch, auf dem Kopf eine Kappe mit roter Quaste, hob die Augenbrauen.

»Ich bin ein Kollege von Louis. Ich darf mich vorstellen. Gaito, Clown. Italiener!«

Er erhob sich, verbeugte sich tief und richtete sich langsam wieder auf.

Kuchenstücke wurden verteilt, Kaffee eingegossen.

»Italiener!«, wiederholte Gaito laut.

»Wissen wir, wissen wir«, wurde gerufen.

Gaito reichte mir über den Tisch hinweg die Hand.

»Ich habe viele Male mit Louis gespielt.«

»Nur einmal«, konterte Gaston.

Beleidigt hob der Clown den Kopf. Ich musste kurz lachen. Jetzt glaubte ich zu verstehen. So entsteht also die Clownskomik, wie Gaston gemeint hatte. War man echt getroffen, beleidigt, verärgert, traurig und bringt das ins Spiel ein, wurde man witzig.

Inzwischen war Sandrine aufgestanden. Mit halb geöffneten Augen fragte sie, ob sie schon schlafen gehen dürfe.

Während ich die Frage stellte, ob Oma und Louis nach 1945 Kontakt gehabt hatten, wie ich dies vorhin auf der Rückseite eines Fotos gelesen hatte, wurde ich von einer Frau, die mir bisher durch ihre zu einem Turm geformten Haare und ihre dunklere Hautfarbe aufgefallen war, unterbrochen. Eine Netzbluse samt Glitzerkette bedeckten ihr Dekolleté.

»Einen Augenblick. Jetzt möchte ich!«

Sie hatte ihren Nachbarn zur Seite gedrängt. Daraufhin bat sie Gaston um ihre Vorstellung.

»Valentina …«, begann er.

Sie grinste mir zu.

»… war eine Trapezkünstlerin und …«

»Ich *bin* eine«, protestierte sie.

Valentina erntete Beifall, den der Hall im hohen Salon wie zu einem Begeisterungssturm verstärkte.

»Valentina ist eine Trapezkünstlerin, als Flying Valentina berühmt. Sie springt die gefährlichsten Salti ohne Netz auf zwanzig Meter Höhe.«

Gaston hatte singend die Stimme geführt und die Worte melodramatisch hervorgehoben.

Valentina nahm ihre mit Strass besetzte Brille ab und zeigte ein breites Lächeln.

»Und heute musst du achtgeben, dass du nicht aus dem Bett fällst«, rief Coccinelle.

Lautes Lachen. Valentina lachte mit. Ich konnte nicht erkennen, ob sie Coccinelles zynische Spitze nicht verstanden hatte oder sich einfach über die gute Stimmung freute.

Ich wurde gefragt, ob ich noch Kaffee und etwas vom Süßen wolle, oder schon Wein.

»Wein, bitte«, sagte ich und sah mir jeden und jede genau an. Der Messerwerfer und Coccinelle hielten sich an den Händen. Gaito prostete mimisch Valentina zu. Aurora flüsterte mit ihrem Nachbarn.

Was sind sie nur für eine lebendige Truppe. Ihr Leben wirkte viel erfüllter auf mich als das der vielen Alten in Wien, die in Parks oder Kaffeehäusern einsam herumsitzen, die ihr Leben an der Garderobe abgegeben zu haben scheinen.

In die kurze Stille hinein setzte ich wieder an.

»Einen Augenblick, bitte«, unterbrach ein kräftiger Mann mit hoher Stimme, »Philip, haben Sie Erfahrung mit Pferden?«

Er präsentierte sich als Marcello, der Kunstreiter.

Ich erzählte von den Pferden auf dem Hof und von Opas liebevollem Umgang mit ihnen.

»Sie meinen den falschen Großvater.«

»Falsch oder richtig. Von ihm habe ich den Umgang mit Pferden gelernt.«

»Gut. Mignonne wird Sie brauchen. Pferde verschwinden

immer mehr aus der Manege«, setzte Marcello weinerlich fort, »wo ist der Geruch von Sägemehl, Popcorn und Tieren geblieben, die Kathedrale voller Gerüche. Der Zirkus stirbt. Der moderne Zirkus ist kein Zirkus mehr.«

Er trocknete seine Augen mit der Stoffserviette. Andere aus der Runde schluchzten laut, einer wrang die Serviette aus, als wäre sie triefend nass geworden.

Jetzt sprachen alle durcheinander.

»Nur noch einige wenige halten den Zirkus weiterhin am Leben.«

»Er wird wiederauferstehen.«

»Handgemachte Schuhe sind auch wieder der Renner.«

»Nein, der Zirkus ist tot.«

»Er ist zu einem Museum geworden.«

»Wie wir.«

»Im neuen Zirkus geht es immer nur um höher und weiter, immer gefährlicher.«

»Und nur Technikkram, nur mehr Show, nichts wird mehr selbst gemacht.«

»Die Zeit hat eben den Zirkus verändert, ihn weiterentwickelt«, warf ein Herr in einem weißen Anzug mit schwarzem Clark-Gable-Schnurrbärtchen dazwischen.

Sobczak hatte sich in das Lamento eingemischt und sich als poetischer Magier vorgestellt.

»Die Künstler kommen aber nicht mehr aus den traditionellen Zirkusfamilien, sie kommen aus allen möglichen Berufen«, klagte Valentina.

Aurora pflichtete ihr lautstark bei.

»Die Menschen schauen lieber Flix als den Zirkus.«

»Netflix heißt das. Du doch auch!«

»Ihr seid zu alt, um das zu verstehen.«

»Du bist älter als wir«, riefen alle außer Sandrine.

Sie war eingeschlafen, ihr Kopf hing über dem vollen Teller.

»Aber nicht im Kopf, *le cirque bouge, bougez avec lui.* Bewegt euch mit!«

Gaston unterbrach die Diskussion, die beinahe zu einem Streit ausgeartet war. Er bat die Runde, zurück zum Thema zu kommen. Ich sollte erfahren, wer mein Großvater gewesen war.

»Ein wunderbarer Mensch.«

»Und der größte Clown.«

»Wie Grock.«

»Wie Rhum.«

Wie wunderbar er gewesen sein soll, wusste ich längst. Alle erzählten nur das Beste über ihn. Aber ich wollte es immer noch nicht glauben. War Louis zu gut, um wahr zu sein?

»Ich habe noch Fragen«, sagte ich.

»Was wollen Sie noch, einen Gentest?«, rief Marcello heiser, »Sie wissen, dass er im Lager war, Sie sehen aus wie er, Gaston war zur selben Zeit bei euch gefangen. Louis hatte dort ein Liebesverhältnis mit einer jungen Frau aus dem Dorf. Setzen Sie die Puzzlesteine zusammen. Sie müssen der Enkel sein.«

»Und die Notarin hat es amtlich bestätigt«, ergänzte Gaston.

»Hat mein Vater jemals Louis kennengelernt?«, fragte ich.

Plötzliches Schweigen. Kein Klappern der Gabeln. Ein leises Zurückstellen der Tassen auf die Teller. Räuspern. Ich sah in die Runde und verstand nicht. Gaston drehte sich zu mir.

»Er wollte Erna nach der Rückkehr in seine Heimat nachholen und heiraten. Sie kam nicht. Dann versuchte er, Ihren Vater über das Programm Enfants d'Etat nach Frankreich zu holen. Sie hat ihr Kind nicht hergegeben. All das hat ihm das Herz gebrochen.«

»Dadurch war er später noch lustiger in der Manege. Wir

wissen ja, dass wir Clowns alle so depressiv und traurig sind«, erklärte Gaito.

»Klischee«, erwiderte Coccinelle.

»Wie du doch auch«, betonte Valentina.

Gaito nickte.

»Bald darauf hatte er dann den Unfall«, sagte Marcello.

»Furchtbar«, setzte Gaito weinerlich fort, »seither konnte Louis nicht mehr als Akrobat auftreten. Nur mehr als Clown. Aber damit hat sein Erfolg begonnen.«

Ich drängte sie, mir zu erzählen, was das für ein Unfall gewesen war.

»Er war vom Trapez gestürzt, eine Hüfte und ein Bein waren gebrochen und nicht mehr vollständig geheilt. Seitdem humpelte er.«

Louis war gehumpelt? Opa auch. Ihm fehlte ein Bein. Darauf war er noch stolz gewesen.

»Viele Artisten verletzen sich, können ihre Kunststücke nicht mehr vorführen und werden Clowns. Sie hinken und die Leute lachen. Das war eines der Markenzeichen von Louis. Dadurch war er noch lustiger als zuvor.«

»Und weil er so traurig war«, ergänzte Gaito.

»Die Leute lachten, wenn er hinkend ein Kunststück zeigen wollte«, betonte Valentina.

»Die Menschen sind eben schadenfroh«, sagte Marcello.

Auch eine Form der Absicherung, wenn verletzte Akrobaten sich anderwärtig im Zirkus nützlich machen konnten.

Sandrine war aufgewacht. Von ihrem Pfleger gestützt bewegte sie sich langsam zur Tür. Mit Schlaf-gut- und Gute-Nacht-Rufen wurde sie verabschiedet.

»Und um Mitternacht steht sie dann wieder in meinem Zimmer und glaubt, es ist früh am Morgen«, rief ihr Valentina nach.

Gaston hob das Glas.

»Aber heute feiern wir Louis' Enkel.«

Mein Kopf schmerzte. Ich wunderte mich über die Standfestigkeit der Damen und Herren.

»Erinnert ihr euch?« Gaston richtete sich unvermittelt an die Runde. »Uns hat Louis noch an seinem letzten Geburtstag eine seiner Nummern vorgespielt, ihr habt alle geklatscht, auch wenn ihr ihn nicht mehr verstanden habt. Ich war der Einzige, der wusste, was er meinte. Dann verschwand er leise. Er wollte immer eine Nummer erfinden, in der er vor dem Publikum plötzlich verschwand.«

Nun blickten alle auf ihre Teller. Ich dachte an Papa. Auch er war auf einmal weg gewesen.

Nach ewigen Sekunden des Schweigens fragte Gaston: »Und? Wie ergeht es Ihnen jetzt mit der Erbschaft?«

»Besser, vielen Dank«, antwortete ich, »aber ich möchte noch mehr wissen.«

»Gerne morgen oder ein anderes Mal. Jetzt sollten Sie zuerst einmal das Erbe annehmen.«

Alle bedankten sich für mein Kommen und baten mich, sofort anzurufen, sobald ich mich entschieden hätte. Würde ich mich gegen die Erbschaft entscheiden, sagte Gaston, würde das Erbe an den Staat fallen, Mignonne bestenfalls im Zirkus bleiben, die Kiste in einem Zirkusmuseum landen oder vernichtet werden.

»Louis hätte dies nie zugelassen«, rief Coccinelle.

Hatte ich geträumt? War die Runde echt gewesen oder künstlich wie die zu Kugeln geformten Buchsbäume? Ich konnte die plötzlich in mir aufgetretene Lebenslust wieder nicht erklären. Ähnlich der nach dem Besuch des Cirque Lunelli. Wie damals, als ich mit wenig Geld nach Paris aufgebrochen und in ein farbenfrohes Leben eingetaucht war. Wer ist eher der Sieger? Der mit Geld, Haus und langweiligem Leben oder der mit wenig Geld und einem erfüllten Leben? Louis' Leben war reich und lebendig gewesen, zumindest lebendiger als meines bisher. Uns verband etwas: Papas Abwesenheit.

Aufgeregt tänzelnd lief ich durch den Park dem Ausgang entgegen. Ich blickte auf meinen Anzug. Grau.

19

Die Aussicht auf die Erbschaft beglückte und bedrückte mich zugleich. Nähme ich sie an, musste ich Mama die dahinterliegende Geschichte erklären, ihr wehtun, wollte sie die Wahrheit verschweigen. Und wenn sie nichts von allem wusste, auch. Und im Dorf könnte ein Skandal losgetreten werden.

Ich riss ein Croissant in zwei Hälften. Wieder eine alte Angewohnheit von Oma, die ich übernommen hatte. Sie tunkte die halben Kipferln in den Milchkaffee, bevor sie sie aß. Ich stopfte die Hälften zu schnell nacheinander in den Mund und schüttete den Kaffee in einem Zug hinunter. Auf schneller essen hatte immer Opa gedrängt. Im Schützengraben hätten sie keine Zeit gehabt. Eine Eigenart, die ich (leider) auch übernommen habe.

Der Magen drückte. In mir wechselten Angst und Aufregung einander mit Neugierde und Lust auf eine unbekannte Zukunft ab. Der Entschluss, das Erbe anzutreten, war in mir gewachsen und der neue Großvater mir nähergekommen. Hätte Louis nicht so lange mit dem Sterben gewartet, wäre das Erbe an Papa gegangen. Hätte er sich gefreut, sich nicht mehr so fremd gefühlt? Artisten stürzen von Seilen, von Trapezen, prallen aus zehn Metern auf den Boden und sterben, fallen vom galoppierenden Pferd und stoßen mit dem Genick an die Brüstung. Louis war nur gestürzt und hatte danach gehumpelt. Gaston ist noch immer am Leben. Manche Alte sind zäh, halten durch, mussten durchhalten. Nicht nur die Clowns. Alle. Im Dorf wurden sie auch neunzig und älter. Opa war mit einundneunzig gestorben. Er hatte den Krieg überlebt, war zerschossen zurückgekehrt, hatte an Hitler geglaubt, glaubte weiter an ihn, war als Mitläufer eingestuft worden, weil niemand wusste, was er wirklich getan hatte. Schweigen war seine Sprache. Die Zwischenräume, das Weggelassene deuteten auf das Zurückgedrängte. Andere waren wie er gewesen.

Nachdem ich aus Paris zurück war, gehörte ich auch nicht mehr zu ihnen. War man einmal weg, wird man nicht mehr voll aufgenommen. Ich musste die Erbschaft übernehmen und Papa im Nachhinein zurückgeben, was er vermisst hatte, ohne es zu wissen.

20

Ich blickte aus dem Fenster. Die Papiere lagen zur Unterschrift vor mir. Florence reichte mir einen Montblanc-Stift. Damit die Mine aus dem Inneren kam, musste man das Gehäuse drehen. Ich drehte auf, zu, auf, zu, wendete den Stift hin und her. Wieder las ich den Text des Dokuments durch. Meine Daten stimmten. Die von Papa auch. Die von Louis musste ich glauben, auch wenn das notariell verfasste Dokument selbst die Verifizierung war.

Ich bat um einen Expresso.

»Sie sind sich doch nicht sicher?«, fragte Florence.

»Doch, doch.«

»Bitte, hier.«

Ich drehte, sah die Spitze hervorlugen.

»Wenn ich das Erbe annehme, muss ich auch das Pferd übernehmen, richtig?«

»Richtig.«

Der Kaffee wurde gebracht. Florence tippte in ihr Smartphone.

»Wenn ich unterschreibe, ändert sich dann etwas am Erbe nach meinem, ich meine nach dem früheren Großvater, also dem Mann von Erna Rostik? Hätte dies Auswirkungen auf meine Mutter?«

»Nein, erstens war er nicht der Vater ihres Vaters, zweitens ist er tot. Auf Ihre Mutter, wie schon gesagt, auch nicht.«

Ich überlegte, doch noch einmal Karl anzurufen.

»Was kann ich sonst noch für Sie tun?«, fragte Florence, »viel Zeit habe ich heute nicht.«

Ich wollte ja unterschreiben, war aber von der alten Zukunft noch nicht ganz weg und in einer neuen noch nicht gelandet. Unterschriebe ich nicht, kehrte ich zurück in meine Vergangenheit. Ich musste dem Virus der Gewohnheit so schnell wie möglich entkommen. Papas Unglück könnte dein Glück sein, rief es in meinem Kopf.

Ich unterschrieb.

Florence zog mir die Papiere unter der Hand weg, ließ sie von ihrem Assistenten kopieren, verstaute anschließend die Kopien in einer Mappe, legte diese auf einen Stoß, der beinahe den Bildschirm verdeckte, überreichte mir ein Kuvert mit den Originaldokumenten und ihrer Rechnung, eines von Louis' Tagebüchern, das sie zur Recherche benötigt hatte, wie sie betonte, und das Sparbuch über die fünfzehntausend Euro. Mit dem Hinweis, ich könne mich jederzeit bei ihr melden, verabschiedete sie sich.

Jederzeit melden. Sie, die nie Zeit hatte.

21

Jetzt musste mein neues Leben gefeiert werden. Ich war der kleine Bub, der sich ein Pferd gewünscht und fünfundvierzig Jahre später eines bekommen hatte. Meine Ahnungen, dass in meiner Familie Geheimnisse unter dem Teppich herumkrochen, schleppte ich seit Jahrzehnten mit mir herum. Zu oft war ich in Stimmungen gefangen gewesen, die ich nicht deuten konnte, in Gefühlen, die dumpf an mir hingen, sich älter anfühlten, als ich es war. Sie gehörten anderen, dämmerte mir.

Die Stammgäste des Chez Jeannette vom Vormittag waren fort, die für das Mittagessen noch nicht da. Den Mantel warf ich auf eine leere Bank im hinteren Teil des Cafés. Ein mit Rissen versehener Spiegel bedeckte die lange Wand.

»Ça va?«, rief mir der Kellner über die Theke entgegen (er hatte mich wiedererkannt!).

Ich lehnte mich zurück, atmete tief durch. Erleichterung breitete sich aus. Im Magen. In der Brust. Jetzt hatte ich drei Großväter. Ich grinste und schloss die Augen.

Was willst du mit Mignonne anfangen? Kann sie im Zirkus bleiben, wie Gaston es gesagt hat? Vielleicht will einer der Artisten sie in seine Nummer einbauen? Mignonne ist weiß, er könnte sich als Reiter der Spanischen Hofreitschule ausgeben und selbst, weiß gekleidet, schwierige Figuren der klassischen Reitkunst zeigen, oder die Seiltänzerin sich in einem Plisseekleidchen und großem Hut auf Mignonne stellen und auf ihr stehend im Kreis galoppieren, wie in Kafkas »Auf der Galerie«,

Mignonne dreht sich, galoppiert in die andere Richtung, die Seiltänzerin endet mit einem waghalsigen Drehsprung und landet elegant auf dem Boden. Ich würde ihr gebannt und stolz mit scharfem Blick folgen und stürmisch applaudieren.

Ich holte mein Mobiltelefon aus der Manteltasche und schrieb an Karl, Herbert und Gaston, dass ich unterzeichnet hatte. Mama teilte ich die Neuigkeit noch nicht mit. Keiner weiß etwas, keiner wusste etwas, hatte es von ihr geheißen. Den Kellner bat ich lautstark um Champagner.

»Wir haben nur Crémant«, rief der zurück.

»Auch gut.«

Der Crémant war noch nicht serviert, da kamen schon erste Antworten. Von Gaston klatschende Hände und ein Smiley. Karl antwortete mit dem Hinweis, dass er nun wieder einmal kostenlos für mich arbeiten würde müssen, um die Sache rückgängig zu machen. Von Herbert war noch nichts eingegangen.

Was es denn zu feiern gebe, fragte der Kellner, ich würde wie ein Scheinwerfer strahlen. Er ließ den Schaumwein langsam in das Glas fließen.

»Ich habe einen neuen Großvater geerbt.«

Der Kellner verstand nicht. Er gratulierte mir trotzdem.

Ich hatte etwas geschenkt bekommen. Kein Schloss, aber ein Leben in einer Kiste, auch wenn ich nicht wusste, was sich noch alles darin finden würde. Wie vor mehr als zwanzig Jahren bekam ich eine neue Zukunft, hielte ich nur die Augen offen. Keine neue, eine verschobene.

Das Glas neu gefüllt und in die Luft gehoben, lehnte ich mich an die Rückwand, schlängelte die Beine unter dem Tisch hindurch und streckte sie aus.

Mehr und mehr machte sich der Crémant bemerkbar. Ich sah mich im Spiegel. Meine Haare standen zerzaust in die Luft. Ich verzog das Gesicht zu einer traurigen, zu einer braven, zu einer lachenden Fratze. Dann fuhr ich, die Finger zu einem Kamm geformt, durch die Haare und versuchte erfolglos, sie niederzubügeln.

»Du musst endlich in der Welt ankommen.«

Ich sah mich um, glaubte, den Kellner gehört zu haben. Aber der stand weit weg hinter der Theke.

Ein Mann, etwas älter als ich, hatte neben mir Platz genommen. Das Gesicht blass in einem übergroßen Sakko, ein weißes T-Shirt darunter.

Dass man Stimmen durch das kosmische Rauschen hören konnte, war mir bekannt. *Die Hüllen zwischen hier und drüben leiten die Töne aus der anderen Seite schwingend durch Membrane ins Weltgeschehen.* So ungefähr hatte ich es für eine neue Stereoanlage einmal geschrieben und das fand ich, nach dem, was ich in den letzten Tagen alles erlebt hatte, durchaus logisch.

An der Bar wurde gestikulierend diskutiert, immer wieder zu mir hingesehen. Ich trank den letzten Schluck aus der Sektschale, verlangte nach einer weiteren Flasche Crémant.

Der Kellner öffnete sie. Auf den Nebentisch stellte er ein zweites Glas.

»Für Ihren neuen Großvater.«

Auch der Kellner hatte Louis gesehen.

»Meinst du, ich kann mehr aus mir und meinem Leben machen und mich selbst für Neues entscheiden?«, fragte ich.

»Du kannst dir alles ansehen, gehst nach kurzem Stehenbleiben weiter, nimmst Mögliches mit, behältst, was für dich brauchbar ist, und wirfst Unbrauchbares auf den Müll. So einfach.«

»Wie du. Gehen, stehen bleiben, einem toten Boche die Schuhe wegnehmen, sie sich selbst anziehen und die alten zurücklassen?«

»*Sors de l'enfance, ami, reveille-toi.* Was hätte ich tun sollen, wir waren lebendig begraben. Bist du nicht froh über die Erbschaft?«

Der Kellner lächelte mir zu und schenkte das zweite Glas voll.

»Über das Geld bin ich froh und Mignonne mag ich, auch wenn ich nicht weiß, was ich mit ihr weiter anstellen soll. Aber die volle Kiste, in der sich ein langes Leben verbirgt?«

»Dein Vater ahnte, dass vieles in eurer Familie nicht stimmte. Kurz vor seinem Autounfall hat er erfahren, dass ich sein Vater war.«

Inzwischen hatte der Schaumwein mein Gehirnkino noch mehr angeregt. Ich begann in unbekannte Zonen vorzudringen, die bisher versperrt und unter strenger Bewachung geschützt waren. Ich hatte damals kurz gedacht, vielleicht war Papas Unfall keiner. Aber alle sagten, dass es einer war. Punkt.

»Was du über dich wissen willst, stammt nicht aus dir allein«, hörte ich noch leise.

Ich wollte antworten, hatte nicht gleich verstanden. Nicht weiter in mir graben und mich an Gaston, an die anderen Künstler, an den Inhalt der Kiste halten? Ich wollte fragen, aber der Platz neben mir war leer, Gäste und Kellner an der Theke mit sich selbst beschäftigt.

Ich winkte dem Kellner zu. Lächelnd legte er die Rechnung auf den Tisch und wünschte mir »einen schönen Tag« (wie der Hotelportier).

22

Es war dunkel geworden, mein Dusel schwächer. Noch fühlte ich mich zu unsicher, um aufzustehen. Wie lange hatte ich geschlafen? Mir kam vor, als wären es Stunden gewesen. Meine Uhr klärte mich auf: eine halbe Stunde.

Angetrunken war ich auf einer Bank gelandet. Mein Leben hatte sich zu schnell verschoben, um all dies schon verdaut zu haben.

Das Sparbuch!

Ich sprang auf.

Erleichtert ertastete ich es in der Innentasche des Sakkos.

Den Tag wollte ich noch nicht beenden. Die Banken hatten geschlossen, ein Automat gerade noch das letzte Geld herausgeschoben. Ich zählte mein Bargeld ab. Essen? Kino? Theater? Am Kiosk kaufte ich ein *L'Officiel des Spectacles*, verwundert und glücklich, dass es das Programmheft mit den wöchentlichen Veranstaltungen noch immer gab. Es sah aus wie früher.

Beim Kino Saint Georges blieb ich hängen. Hier war ich mit Céline in »Les Enfants du Paradis« mit Jean-Louis Barrault, der den Baptiste Deburau spielte, eng umschlungen gesessen. Der Film würde heute gut passen. Im verheirateten Baptiste flammt die Liebe zu seiner Geliebten Garance wieder auf. Aber heute spielte es »Au hasard Balthazar«. Als einer von drei Besuchern setzte ich mich auf den Platz, auf dem ich meiner Erinnerung nach mit Céline gesessen war.

Nach zwei Stunden verließ ich zerknirscht das Kino. Marie wird von ihrem Freund misshandelt. Er misshandelt auch ihren Esel Balthazar. Das Tier erduldet ohne Aufbegehren. Marie und Balthazar leiden an der Gewalt der Herrschaft und unter der Lieblosigkeit der Welt. Mehrmals musste ich während des Films die Hand vors Gesicht halten. Der Esel und Marie taten mir schrecklich leid. Auf der Fahrt ins Hotel beruhigte ich mich. Ich las im Programm, dass die Rolle des Esels von fünf verschiedenen Eseln gespielt worden war.

Mit einem Foto in der Hand – Louis, lächelnd in einer Uniform – legte ich mich ins Bett und kämpfte mit der an ihr fixierten Bettdecke, um Platz für meine Füße zu finden.

23

Am nächsten Morgen lag ich lange wach und blickte vom Bett aus auf das Bild meines Vaters. Haben wir, wie die Tiere, keinen Ausweg, müssen wir dulden wie sie und Schuld auf uns nehmen? Ohne Schicksal macht der Mensch seine Geschichte selbst. Kein geheimer Plan. Alles Zufall. Gott ist nur die Natur. Herberts Worte. Habe ich fremde Schuld auf mich genommen? Die Schuld, die sich wegen der Verleugnung von Louis' und Omas Liebe in der Familie fortpflanzte?

Meine Flucht aus dem Elternhaus war damals richtig gewesen, aber es war nur eine Flucht. Weg von ihnen hieß, ich hatte sie alle mit mir nach Paris mitgenommen, ohne es zu bemerken. Nun war noch einmal die Chance da, eine neue. Vertrauen in die Macht des Einzelnen haben, war einer von Papas Leitgedanken. Stolz war ich sein Mitkämpfer gewesen, hatte ihn bei seinen Protesten gegen Tiertransporte und Bodenversiegelung unterstützt, den wegen seiner Ideen und Ansichten im Ort Belächelten, Verspotteten, den Arbeiter aus der Schokoladenfabrik, der es nur zum Vorarbeiter geschafft, viel gelesen und sich für vieles interessiert hatte, er, der nach Südamerika auswandern hatte wollen, den Regenwald zu schützen. Mama schämte sich ständig für ihn. Wollte er Ziegen kaufen, um Käse herzustellen, empörten sich Mama und Opa. Das passt nicht in unser Milieu, sagte Mama. Sie kam von einem reichen Bauernhof. Auch Opa glaubte, er sei etwas Besseres, als pensionierter Gendarm. Das Buch »Die Grenzen des Wachstums« war Papas Bibel gewesen. Und Robert Jungk sein Papst mit Modellen für eine neue Welt.

Mein jugendliches Feuer hingegen war im Laufe der Jahre verschwunden. Nun schien es sich langsam wieder zu entzünden. Irgendwie fühlte sich alles neu an. Ob gut, konnte ich nicht fassen. Irgendwie anders eben. Hätte ich all dies früher gewusst, rechtzeitig, dann hätte ich … Wenn. Wenn. Wenn.

Der Himmel war bedeckt. Was sollte ich mit dem heutigen Tag anfangen? Ich könnte Georg suchen, unsere Freundschaft wiederbeleben. Einen Freund in Paris zu wissen, könnte meine Verlorenheit in der Stadt etwas mildern. Und über ihn wäre Céline zu finden. Aber vorher zur Bank. Das Sparbuch einlösen. Mit dem Mobiltelefon fand ich eine nicht weit vom Hotel entfernt.

Der Nebel hatte sich verzogen. Auf dem Boulevard Sébastopol drängten sich die Menschen, Losverkäufer riefen, als ginge es um ihr Leben (ich habe bis heute nicht verstanden, welche Lose das jeweils sind und warum sie wer kauft). Nach einer heftigen Diskussion mit dem Bankbeamten, ich hätte keinen Wohnsitz in Frankreich, musste er mir als EU-Bürger ein Konto eröffnen. Die Bank zog Spesen ab, und der Notarin überwies ich ihre Rechnung. Mir dämmerte, dass ich ab nun für das Pferd aufkommen musste. Jeden Tag, jede Woche, Pflege, Futter, Heu, Stroh, Hafer. Wie sollte ich das alles organisieren? Die Qualität des Futters wusste ich einzuschätzen, der Geruch von Heu war noch in meiner Nase, seine Beschaffenheit in den Fingern. Und wenn ich es verkaufte? Wie viel könnte ich bekommen? Zweitausend müssten möglich sein. Die Artistinnen liebten Mignonne und würden niemals zulassen, dass ich sie an jemand anderen verkaufte.

24

Von Weitem sah ich Monique mit Mignonne an der Hand über den Platz bummeln. Ich lief ihnen entgegen. Monique übergab mir den Führstrick. Ich führte das Pferd, das bald nicht mehr meines sein würde, ins Zelt.

In der Mitte der Manege hob und senkte der Gewichtheber eine lange Stange. An deren Ende runde Eisenscheiben. Ein Handtuch lag über seinen Schultern. Nach jedem Heben und Fallenlassen des Geräts trocknete er seinen Schweiß damit ab. Er winkte mich zu sich. Ich sollte probieren. Schon beim Anblick der Eisenscheiben kam ich ins Schwitzen. Ich setzte an, bekam aber die Stange nicht einmal einen Zentimeter vom Boden hoch.

Mit »Jeder macht, was er kann. Ich habe Angst vor Pferden«, versuchte er, mich zu trösten.

Plötzlich hörte ich eine Art Musik. Eine Suppe aus elektronischem Keyboard, Saxofon und Schlagzeug. Mehrere Musiker hatten über dem Manege-Portal Platz genommen. Ich kam mir vor wie in einem Kaufhaus. Oder wie bei meinem Zahnarzt, der mich mit seiner Berieselungsmusik jedes Mal so ärgert, dass die Schmerzen noch ärger werden. Wie schön waren die alten Zirkuskapellen, immer etwas ungenau intoniert, schrill, die Emotionen des Publikums hochtreibend, poetisch, melancholisch, ähnlich den müden Kapellen bei Begräbnissen und wunderbar anders als die trötenden Horden aus den umliegenden Dörfern, die bei kirchlichen Festen und militärischen Feiern aufmarschieren.

»Warum kommst du nicht zu uns«, rief Monique ins Zelt, »und hilfst uns, den Zirkus zu modernisieren? Du bist doch ein Kreativer.«

»Mit neuer Musik?«, sagte ich.

Von der nächsten Frage, warum die Musik so schlecht sei, ließ ich ab.

»Ja. Wir müssen mit der Zeit gehen und einen modernen Sound in unser Programm bringen.«

Modernisieren. Mit so einer Musik? Ich sah mich im Zelt um. Die Tonanlage schien museumsreif, die Scheinwerfer zum Teil blind, nur der zum Sucher funktionierte einigermaßen, die Bänke wackelten, die Pölster der Logenstühle waren von dunkelrot auf fleckiges Rosa verblichen, der Kantinenstand war aus den fünfziger Jahren und ein Juwel. Er müsste nur restauriert werden. Auf dem Gelände hinter Sträuchern fand ich ein Holzschild. Schrift und Grafik wie aus den Zirkussen, die ich einst mit Papa besucht hatte: DÉCROCHER LA LUNE POUR TOUS – CIRQUE LUNELLI. Sie könnten doch den alten Zirkus wieder aufleben lassen, nur ihre Nummern und Utensilien etwas auffrischen. Keine elektronische Musik, sondern analoge Instrumente. Das wäre paradoxerweise etwas Neues. Da würde auch wieder mehr Publikum kommen.

Zurück in Mignonnes Stall, erklärte ich ihr, dass sie hierbleiben, nicht an Fremde verkauft, und dass man sie auch nicht durch einen Avatar ersetzen würde. Sie schnaubte. Ich hatte davon gelesen, dass mancher Zirkus Pferde und andere Tiere als Hologramme in die Manege projizierte. So brauchte man keine lebenden Tiere mehr, die fressen, misten und gepflegt werden mussten. Die Gerüche aus Sägespänen und Pferdeäpfeln werden ins Zelt geblasen. Computerprogramme erzeugen die Atmosphäre. Der moderne Zirkus sollte das Gehirn des

Publikums täuschen. Nicht-Anwesendes sollte zu Anwesendem verwandelt werden.

»Wo bist du? Alle warten schon auf dich«, hörte ich von Weitem.

Gleichzeitig mit dem Gewichtheber stieg ich in den Wagen. Eng aneinandergedrängt saßen nun alle am Tisch.

Zwei große Schüsseln, Kuchen, Wasserkaraffen und einige Flaschen mit Rotwein in der Mitte. Mir wurde ein Stuhl angeboten. Monique schenkte ein Glas mit Rotwein voll und bot ein Stück Kuchen an.

»Nimmst du Mignonne heute mit? Es täte uns leid, andererseits brauchen wir dringend Platz für Neues.«

Ich erschrak. Ich hatte doch insgeheim gehofft, sie bei ihnen im Zirkus lassen zu können. Karls Rat, die Erbschaft nur anzunehmen, wenn das Problem mit dem Pferd gelöst war, leuchtete mir jetzt ein (wobei Karls Lösung das Pferd in die Wurst gewesen wäre, was für mich auch jetzt nicht infrage kam). Verwundert darüber, dass sie Mignonne so plötzlich weggeben wollten, entschuldigte ich mich, ich hätte noch keine Lösung gefunden. Was sollte ich auch mit einem Pferd in Paris? Ich könnte von hier aus zum Hotel reiten, Mignonne im Hotelzimmer einstellen oder im Parc Monceau grasen lassen. Dabei versuchte ich zu lachen (es muss ein gequältes Lachen gewesen sein) und hoffte, damit den Druck in mir mit Scherzen verringern zu können. Aber niemand fand meine Vorschläge witzig.

Ein zweites Glas Wein wurde eingeschenkt. Nachdem ich auch dieses bald ausgetrunken hatte, traute ich mich zu fragen, ob sie Mignonne nicht doch hierbehalten könnten. Ich könnte ihnen dafür helfen, über die Zukunft ihres Zirkus nachzudenken. Das Pferd beherrsche doch viele Kunststücke, das hatten sie mir inzwischen mehrmals erzählt. Dazu könnten sie neue erfinden, ihr Können mit ihren eigenen Künsten verbinden und so die alte Zirkuskunst hochleben lassen. Das wäre doch bereits eine Erneuerung.

»Pferde im Zirkus gehören der Vergangenheit an«, sagte Monique.

Alle nickten.

Sie bekämen von niemandem Unterstützung, nicht von Mäzenen, nicht von Institutionen, nicht vom Staat.

»Weil sie uns als Schausteller einstufen, nicht als Künstler. Deshalb bekommen wir auch keine Kunstförderungen wie die Theater, sondern zahlen ordentlich Steuern.«

»Was sollen wir tun? Soll ich in einer Schraubenfabrik arbeiten oder mich zum Programmierer umschulen lassen?«, sagte der Jongleur, »ich kenne doch nichts anderes. Ich habe schon mit drei gelernt, Teller und Bälle in der Luft zu halten.«

»Du könntest ja Fassadenkletterer werden«, rief der Kraftakrobat zum Seiltänzer.

»Und du Klaviertransporteur«, erhielt er als Antwort.

»Mir wurden von klein auf die Wirbelsäule verdreht, Gelenke gelockert, die Sehnen gedehnt. Vielleicht wäre für mich ein anderer Beruf ohnehin gesünder.«

Der Gewichtheber drehte sich zu mir. Sein Schweiß roch heftig. Ich wendete mich ein wenig zur Seite, nur so weit, dass er es nicht als Ablehnung interpretierte. Dann sprach er laut in die Runde:

»Philip schreibt über Produkte, die die Menschen kaufen. Er weiß, wie man etwas unter die Leute bringt.«

Ich fragte, woher er das wisse.

Louis habe ihnen das erzählt. Er sei stolz gewesen, dass sein Enkel einen so modernen und anspruchsvollen Beruf ausübe. Er selbst sei nie in einer höheren Schule gewesen. Und studiert hätte er auch nie.

Ich entgegnete, ich hätte mein Studium auch nicht beendet,

und Artisten seien keine leblosen Konsumartikel, sie seien lebende Menschen und ihre Auftritte Kunstwerke.

»Niemand würde von einer Kaffeemaschine sagen, dass sie ein Werk ist. Sie ist einfach ein Konsumartikel«, erklärte ich.

Monique schüttelte den Kopf. Mit Louis sei der alte Zirkus gestorben. Das Publikum bleibe aus. Sie hätten nur noch bei Kindern mit ihren Zirkuskünsten Erfolg. Oder vielleicht noch in Varietés. Aber auch diese seien dabei auszusterben. Die wenigen verbliebenen Clowns seien beim Theater gelandet oder zu primitiven Spaßmachern verkommen. Sie könnten alle nur, was sie gelernt hatten. Was sollte ein Messerwerfer mit seiner Zielgenauigkeit und seinem perfekten Abschätzen von Distanzen anderes machen? Er könnte allenfalls die Instrumente tauschen, ein Messer gegen einen Pfeil, oder gegen einen Ball, aber im Grunde bleibe seine Tätigkeit gleich: richtig einschätzen und punktgenau treffen. Sie seien gezwungen, den Zirkus neu zu erfinden. Oder aufzugeben.

»Ich bin vielleicht der Enkel von Louis, liebe Pferde und auch den Zirkus. Aber mir fehlt jede praktische Erfahrung mit dem Zirkus, wie ihr sie habt. Ich kann euch nicht helfen«, sagte ich.

Das Alte stimmte nicht mehr und das Neue war noch nicht zu finden, das begriff ich in dem Durcheinander. Während der Zirkus plump und still zu verschwinden drohte, war ich selbst langsam in Verfestigung geschlittert, aber offensichtlich noch rechtzeitig vor der Erstarrung von dem mir bislang unbekannten Großvater gerettet worden. An mir war das Sterben des Zirkus unbemerkt vorübergegangen. Seit meiner Kindheit hatte ich keine Zirkusvorstellung mehr besucht. Lag er tatsächlich im Sterben oder war er nur im Umbruch? Waren nur die Lunellis in der Vergangenheit hängen geblieben oder auch all die anderen Zirkusse? Hatten sie nicht bemerkt, wie die Zeit verstrich, sie nicht zur Erneuerung genutzt?

»Die Natur und der Zirkus sind die letzten Orte des Poetischen«, sagte ich wehmütig (es war Papas Satz, an den ich mich erinnerte), »die Menschen sehen Tiere heute nur mehr in Dokus und im Zoo.«

»Tiere dürfen wir nicht mehr auftreten lassen.«

»Nur Wildtiere nicht. Pferde sind keine Wildtiere«, betonte ich.

War es richtig gewesen, das Volksbegehren gegen die Nutzung von Wildtieren in Zirkussen zu unterschreiben? Die Wildtiere taten mir leid. Ja. Sie mussten doch in einer natürlicheren Umgebung leben dürfen. Andererseits war damit auch eine Kunstform verloren gegangen. Wo konnten die Menschen sonst noch so direkt den Schauer vor Tigern und Löwen, die Feinmotorik von Elefanten erleben?

»Das wird auch bald vorbei sein. Die Leute wollen, dass auch Pferde nur mehr virtuell auftreten. Wie die Gruppe Abba.«

Noch gab ich nicht auf.

»Die Versuche mit tierischen Avataren, Holografie, Multimedia sind doch auch schon alte Hüte, nur seelenloses Marketing. Ein lebendiges Pferd in der Manege«, verteidigte ich meine Idee, »zum Riechen, zum Anfassen für das Publikum, für die Kinder. Das ist schon wieder Vintage. Man müsste Mignonne als etwas Besonderes, als Kuriosum vermarkten.«

»Mignonne beißt aber«, sagte der Kraftakrobat.

»Nur Fremde. Und wenn sie unsympathisch sind.«

»Solche, die Tiere nicht mögen.«

»Die mögen sich selbst nicht.«

Während sie diskutierten, dachte ich an Marcello aus dem Altenheim. Er könnte mir sicher helfen, ihr das Beißen abzugewöhnen. Laszlo hatte, als er auf dem Hof gelandet war, auch gebissen. Opa behandelte ihn und bald war die Unart verschwunden: Das Pferd hatte Vertrauen gewonnen.

»Nein, Tiere im Zirkus gehören der Vergangenheit an. Wie die Telefonzellen«, sagte die Seiltänzerin.

»Die sind bald auch wieder etwas Besonderes«, warf die Schlangenfrau ein.

»Blöder Vergleich«, sagte Monique.

Gaston hätte besser gewusst, wie er mit ihnen verhandeln musste, um Mignonne im Zirkus zu belassen. Ich legte zweihundert Euro für Futter und Pflege auf den Tisch und versprach, in den nächsten Tagen eine Lösung zu finden.

25

Aus der Tiefe der Metroschächte hochgestiegen, stellte ich den Kragen auf und band den Schal fester um meinen Hals. Vor dem Café gegenüber Célines früherer Wohnung luden Heizpilze ein, im Freien Platz zu nehmen. In Erwartung der möglichen Wärme setzte ich mich an einen der Tische, bestellte ein Glas Rouge und eine Baguette Gruyère. Von hier aus konnte ich die Umgebung gut überblicken. Wandte ich den Kopf nach rechts, erschien der runde Tempel im Parc Monceau, drehte ich mich nach links, sah ich die Straße bis an ihr Ende.

Sie war meine große Liebe gewesen, sagte ich mir. Man hat davon nur eine oder zwei im Leben. Meist wird nichts aus ihnen. Oder drei? Die zweite Liebe ähnelt der ersten. Man erwartet wiederum vom anderen, was einem selbst fehlt, und wiederholt die Fehler der ersten Liebe. Wie Herbert. Er wechselt nur die Partnerinnen aus. Nimm eine Frau, mit der du dich verstehst, die Liebe kommt später, hatte Mama geraten, als ich aus Paris nach Wien zurückgekehrt war und Céline kurz darauf Georg geheiratet hatte. Vielleicht hatte sie recht gehabt.

Ich bemühte mich vergeblich, den traurig-kitschigen Liebesfilm in mir zu stoppen. Aber lief er einmal, ließ er sich kaum aufhalten. Die Heimat ist dort, wo sich die Traumata nicht mehr melden, hatte mir die Therapeutin erklärt und geraten, meine melancholisch-depressiven Phasen als Filme und nicht als Realität zu sehen, in denen ich nur der Schauspieler sei oder der Regisseur. Die Therapie war nun fast zwei Jahre her. Ja, sie hatte mir geholfen, auch wenn sich manche Narben bei

Wetterumschwüngen schmerzhaft meldeten. Da hätten wir auf unsere Familienlüge stoßen müssen, dazu sind Psychotherapien doch da. Aber es war nichts aufgefallen, das auf einen anderen Großvater gedeutet hätte. War auch die Therapeutin in der Verschleierung gefangen gewesen?

Ich stand auf, querte die Straße, suchte nach Delaval. Der Name ihrer Eltern stand neben dem Klingelknopf. Lebte sie mit Georg und Kind oder Kindern noch immer hier? Dann würde Wührer stehen. Oder Delaval-Wührer. Ich berührte zart den Knopf. Zog den Finger wieder weg. Ob sie in Paris war? Im Fernsehen hatte ich sie heute gesehen.

Ich bemerkte jemanden hinter mir und dachte schon … Aber das wäre zu viel des Zufalls gewesen. Warum wollte ich sie treffen? Aufgewärmte Beziehungen schmecken wie eine liegen gebliebene Pizza, behauptet Karl. Andererseits schmeckt ein Gulasch, so sagt man im Dorf, doch erst aufgewärmt gut.

Was hast du nur für idiotische Gedanken.

Zurück an meinem Tisch bestellte ich ein zweites Glas Wein. Die Heizpilze wärmten und verstreuten ihr rötliches Licht. Die Abenddämmerung und der Nebel tauchten die Straße in eine graue Suppe, durch die sich die Straßenbeleuchtung kämpfte.

Manchmal glaubte ich, Céline auf der anderen Straßenseite zu erkennen. Jede nur annähernd ähnliche Figur wurde zu ihr. Schließlich bat ich den Kellner um die Rechnung. Während ich die Plastikkarte an das Gerät hielt, sah ich sie plötzlich auf der gegenüberliegenden Straßenseite. Einen dünnen Mantel umgehängt, einen Schal über das halbe Gesicht. Mein Blick versuchte ihr zu folgen. Ich winkte. Die Frau blieb kurz stehen. Ging weiter, vorbei an dem Haus, wo ich mit ihr früher gewesen war, in dem wir Feste gefeiert hatten, sobald die Eltern fort waren. War sie es und hatte mich versetzt?

Von deinem Wunsch, sie zu treffen, hat sie doch keine Ahnung, Philip.

Der Park war inzwischen geschlossen. Zu wach, um schon ins Hotel zu fahren, beschloss ich, zu Fuß zu gehen, und folgte dem Weg entlang dem Boulevard de Courcelles. Vorbei an einem hell erleuchteten Friseurladen, *fermé* hing hinter der Glasscheibe, an einem Weingeschäft, das seine Läden heruntergezogen hatte, an Hauseingängen, Cafés und Mülltonnen. Was steckte darin? Was hinter den Vorhängen, Glasfenstern und Rollläden? Wer unter den Brücken, in den Bars? Lange schon hatte ich nicht mehr auf die Bruchstücke und den Kleinkram des Lebens geachtet, den die Menschen erschufen, mit dem sie lebten und dessen Ursprünge für sie unsichtbar geworden waren.

Du könntest ziellos umherstreifen und darauf achten, ob die entdeckten Eindrücke etwas mit dir zu tun haben, beschloss ich. Sie sollten dir Hinweise auf die Zukunft oder auf verdeckte Erinnerungen geben. Ich kannte die Gegend. Es war keine plumpe Wiederholung, es war, als läse man ein gutes Buch zum zweiten oder dritten Mal und entdeckte bisher Übersehenes.

Vor Mitternacht lag ich schwer im Bett, öffnete den Roman dort, wo ich ihn im Flugzeug geschlossen hatte. Ich kam wieder nicht weit, denn am Morgen lag er auf dem Boden. Vieles vom Tag und von den Eindrücken des Abends hatte sich in meinen Träumen wiederholt, sich zu Collagen zusammengesetzt, und nur Bilderfetzen und Gefühle waren geblieben. Aber eine Szene hielt sich klar in meiner Erinnerung: Ich hatte meine Mutter aus meiner Wohnung geworfen.

26

Die mächtigsten Staaten der Welt warnten wechselseitig vor Krieg, der französische Präsident sprach sich für Aufrüstung und atomare Abschreckung aus.

Ich wechselte vom französischen Sender auf die Newsseite eines österreichischen.

Eine Gruppe klebte sich noch immer täglich auf Straßen fest, um auf die unermessliche Zunahme des Kohlendioxids aufmerksam zu machen. Wütende Autofahrer versuchten, sie von dem Asphalt zu reißen. Ein offener Wagen eines feierlichen Umzugs war umgefallen, fünfzehn Personen verletzt, darunter ein als Clown verkleideter Mann schwer. Die Menschen glauben, lustig zu sein, sobald sie sich eine Clownsmaske aufsetzen, sich mit allem möglichen Blödsinn verkleiden und sich betrinken. Schaurig-lustig fand ich nur, dass die Menge so betrunken war, dass die Einsatzkräfte nicht durchkommen konnten, um sie zu retten. Das wäre doch eine Clownsnummer, eine Parodie auf die Pseudolustigkeit der Unterhaltungsgesellschaft.

Der Tag war noch jung. Mich zog es zu Céline. Zu Mignonne. Zu Gaston. Zum Zirkus. Ob auch zu Georg, war mir nicht klar. Die Zukunft schaffte ich nicht zu planen, ohne irgendwen zu übergehen. Ich könnte Louis' Grab besuchen. Die Grabnummer war den Notariatspapieren beigelegt. Friedhöfe hatten mir früher geholfen, klar zu werden, zu mir zu finden, auch wenn ich mich bald darauf wieder verlor.

Durch den Haupteingang fuhren schwarze Wagen die Straße entlang. Ich trat zur Seite und fragte einen Friedhofswärter in schwarzer Uniform mit Käppi. Nach langem Nachdenken begann er, den Weg, an den Toiletten und Auguste Comte vorbei, über den Chemin du Coq, am Rond Point rechts, ausufernd zu erklären.

Ich unterbrach ihn. Mehr an Wegbeschreibung konnte ich mir nicht merken.

Mit dem fotokopierten Plan in der Hand, den er mir für einen Euro übergeben hatte, setzte ich meine Schritte. Neuerlich beeindruckt, wer aller hier lag. Berühmte. Prominente. Nur Louis Pichereau war nicht auf dem Plan vermerkt. Noch nicht? Wie weit habe ich es bisher gebracht? Meine Gedichte und Kurzgeschichten hatte ich nie preisgegeben, mir nie erlaubt, an Wettbewerben oder Ausschreibungen teilzunehmen. Man hat ohnehin keine Chance, dachte ich, man ist nicht uralt, oder tot, oder jung genug, um veröffentlicht zu werden.

Vor der Kapelle hielt mir ein Mädchen eine weiße Rose entgegen.

»Ich bin nur ein Besucher«, sagte ich.

»Das sind wir alle. Ich habe sie für Sie mitgebracht.«

Das Mädchen war schwer einzuschätzen. Altklug oder frühreif? Zuerst ablehnen, prüfen und dann erst entscheiden?

Mit der Rose und dem Plan in der Hand – das Mädchen war zwischen den Mausoleen und Büsten verschwunden – stieg ich weiter über Randsteine, Steinplatten, umgefallene Säulen. Plötzlich stand ich vor dem Grab von Jules Michelet.

Wieder er. Ihm kann man in Frankreich nicht entkommen.

Ich lief nach links, drehte den Plan um, rannte bergab. Außer Atem vorbei an lebensecht wirkenden Figuren, die gerade aufzuwachen schienen, landete ich am Grab von Auguste Comte, dem Soziologen, der zu Lebzeiten noch keiner gewesen sein soll, weil er angeblich den Begriff selbst erfunden hatte (du könntest dein abgebrochenes Studium in Paris wieder aufnehmen).

Verschwitzt kam ich wieder am Eingang an. Jetzt stand eine Wärterin vor der Portierloge.

»Der Clown?«, sagte sie lächelnd, nachdem ich nach Louis Pichereau gefragt hatte.

Ich bestätigte.

»Gleich hier, hinter dem Häuschen, an der Wand entlang, nur hundert Meter. Ist nicht weit.«

Den Umweg von vorhin hätte ich mir sparen können. Aber dann hätte ich jetzt keine Rose. Ich lief die Mauer entlang und da war es.

LOUIS PICHEREAU
Clown
1923–2022

Neben ihm Jean-Gaspard Deburau. Über dessen Sarkophag ragte eine phallusartige Säule auf, darauf ein Kondom. Erst nachdem ich im Internet nachgesehen hatte, konnte ich das versteinerte Objekt als die Nachbildung der Kappe des Pierrot, der tragischen Bühnenfigur des schweigenden, in weißes Gewand gekleideten, mondsüchtigen Verliebten, erkennen.

Ich legte die Rose zwischen all den Gaben ab, die auf Louis' Grabplatte lagen. Muscheln, eine Clownsnase, ein Pferd aus Plastik, Blumenstöcke, ein Brief in einem durchsichtigen Umschlag, kleine Zettel mit Steinen befestigt.

Time is out of joint
Le soir où Louis m'est apparu, j'ai cru le voir sur la lune
Regardez-le, c'est un vrai clown

Ein wirklicher Clown? Plötzlich war ich stolz, Louis' Enkel zu sein. Papa wäre sicher froh, sprach es in mir, nähme ich Louis als meinen Großvater an. Ich hatte einen Vater. Er einen, der ihm nicht gut war, und einen, der gut hätte sein können, aber nicht da war.

Du bist acht, hast Geburtstag und Masern. Papa sitzt an deinem Bett, liest dir aus »Aufstand im Zirkus« vor, deinem Lieblingsbuch. Der Zirkusdirektor kündigt den Auftritt des Clowns mit seinem Esel an. Sie treten auf. Der Clown sagt laut Nein. Der Esel schüttelt den Kopf zu einem Nein. Alle lachen. Der Clown sagt Ja. Der Esel senkt und hebt den Kopf zu einem Ja. Applaus. Du willst Clown werden und gehst nur zur Schule, wenn du vorher Oma die Geschichte auswendig aufsagen darfst.

Abwechselnd wurde ich traurig, verärgert, fröhlich, meine Gefühle schlugen Salti. Ich spürte meine Knie wackeln und drückte die Stopptaste, um meine Träumereien anzuhalten.

Auf der Einfassung des Grabes sitzend folgten meine Augen den Menschen, die vorbeizogen, ihren Blick in ihr Mobiltelefon getaucht. Suchten sie darin ihre Freunde, ihre Vergangenheit, ihre Zukunft? Eine junge Frau tippte rasend mit beiden Daumen in ihr Telefon. Ein anderer stolperte, den Kopf in den Apparat getaucht, über eine Wurzel, die es aus der Tiefe eines Grabes herausgeschafft hatte, und behielt dabei artistisch das Gerät in seiner Hand. Ein übergroßer Schäferhund sah zwischen den Mausoleen und Grabsteinen hervor und lief weiter. Ich verfolgte ihn, wollte ihn fotografieren. Zu spät, er war verschwunden wie das Mädchen.

»Ich könnte wenige Tage oder mehrere Wochen lang in Paris bleiben. Meine Entscheidung!«, sagte ich mir laut vor, um sie in meiner Welt zu verankern.

Am Ausgang winkte ich der Wärterin dankend zu. Dann hielt ich vor der Mauer mit den eingravierten Namen an. Hundertsiebenundvierzig Pariser Kommunarden waren hier 1871 an die Wand gestellt und erschossen worden. Céline war von ihren Ideen begeistert gewesen, hatte mich und Georg mitgerissen. Sie hatten das klassenlose Paradies ausgerufen, von einer gerechten Welt ohne Ausbeutung der Menschen geträumt. Preise für Brot einfrieren, Mieten erlassen, unentgeltlichen Schulbesuch fordern, für die Arbeiter und Armen kämpfen.

Und wo bist du heute gelandet? Du arbeitest für die Kapitalisten mit deinen Texten.

Im Bistro bestellte ich Wasser und einen Croque Madame. Die Kellnerin bestätigte, was ich gesehen hatte. Auf dem Friedhof lebe ein Belgischer Schäferhund. Man wisse nicht, woher er gekommen sei.

Hatte ich also doch nicht fantasiert.

27

»Schönen Tag«, wünschte der Portier, als ich um den Zimmerschlüssel bat.

Einen schönen Tag in meinem Hotelzimmer? Hinlegen und Fernsehen, sonst nichts mehr für heute. Aber als ich die verschnürten Bündel auf dem Couchtisch liegen sah, rollte ich mich aus dem Bett und schnitt die Bänder durch, die die Unterlagen zusammenhielten. Fotos und Briefe fielen auseinander, landeten auf dem Boden. Kniend verschob ich sie, breitete einige davon nebeneinander auf dem Boden aus, setze mich auf den Spannteppich und lehnte mich an der Bettkante an. Auf mehreren Postkarten war dasselbe Foto eines Clowns zu sehen. Darunter *LOUIS*. Und auf den Rückseiten verschiedene Texte:

Der Clown läuft bei seinem Begräbnis laut heulend seinem Sarg hinterher.

Hatte sie Louis für Autogramme verwendet? Ich hob eine weitere Karte hoch.

Der Clown gibt Hoffnung, dass das Leben weitergeht. Sein Stolpern zeigt die Hinfälligkeit der normalen, bürgerlichen Existenz auf und zerlegt sie. Nach dem Sturz gibt es ein Aufstehen und somit eine Zukunft. Er überlebt das Leben.

Passte das nicht eher in ein Fachbuch oder zu einem Essay über Clowns als in den Zirkus?

Nacheinander sah ich die Karten durch.

Der Clown zeigt seine Schwächen und die Leute lachen, je mehr er sie zeigt, desto mehr lachen sie. Die Verwandlung einer persönlichen Schwäche in einen Ausdruck ist seine Kraft.

Der Clown sind wir alle selbst.

Der letzte Spruch könnte auch von Vico sein. Wir erschaffen selbst die Wirklichkeit. Kein Gott. Kein Führer. *Der Clown glaubt an seine Wahrheit.* Wir konstruieren auch unsere Vergangenheit selbst und schnitzen sie uns zurecht. Und dann glauben wir auch noch daran.

Der Clown glaubt an seine Wahrheit. Glaube nie, was dein Gehirn dir sagt (auch das hatte mir meine Therapeutin geraten).

Ich holte Louis' Schminkkasten hervor – den kleinen Koffer mit Spiegel, Schwamm, Pinseln, Stiften und Farben, den mir Monique übergeben hatte – wischte weiße Schminke über mein Gesicht, malte mir die Lippen rot, fuhr mit dem schwarzen Stift um den Mund, um ihn größer wirken zu lassen, mit den Fingern durch die Haare, bis sie nach oben standen. Auch wenn ich im Spiegel kein Clownsgesicht erkennen konnte, ich fand mich lustig. Kurz war ich zu einem anderen geworden.

Hatte ich im Traum Mama aus meiner Wohnung geworfen, um endlich selbst zu entscheiden, wer ich sein wollte? (Es soll ja nie zu spät sein, sagt man, auch mit fast fünfzig.)

Ich sah in den Spiegel und verzog das Gesicht. Würde ich mir selbst erlauben, so durch Paris zu spazieren? Hier kannte mich niemand. Mich mutig wie früher zu kleiden, zu bewegen? Hier liefen Menschen gewagt und extravagant, geschminkt und ungeschminkt, in allen unmöglichen Variationen herum. Wie im Zirkus. Alle fanden darin Platz. Lang, klein, dick, groß, farbig, verrückt. Die Hässlichkeit wird zur Schönheit stilisiert, die verletzten oder verrenkten Körper zu Kunstfiguren. Ein Spiel der Verschiedenheiten. Absurdes wird normal. Der Clown spielt sogar seinen Tod, hatte Gaston gesagt (war das auch einer von Louis' übergescheiten Sprüchen?).

Dann bewegte ich mich in verschiedenen Posen: als Leiche

auf dem Teppich, wurde schnell wieder lebendig, rutschte auf meinen Schuhen kniend im Zimmer herum (sah wahrscheinlich aus wie Toulouse-Lautrec), stand auf, verwandelte mich, stolperte, fiel nieder, sprang auf.

Hätte Louis bei uns im Dorf gelebt, hätte er Papas und meine Talente gefördert. Kunst, Musik, Literatur, Umweltschutz unterstützt, Papa hätte studiert, ich wäre Lehrer an der Universität geworden, Professor wie Herbert, hätte Bücher geschrieben, wäre mit Céline verheiratet, wir hätten Kinder, vielleicht wäre ich Clown geworden, wie ich es mir als Kind erträumt hatte.

Nonsens.

Wir wären geschieden, wie Karl, und Herbert? Professor hin oder her, wie alle in meinem Alter. Oder schon gestorben. Erbte ich von Louis zwar nicht den Clown, so doch vielleicht einige seiner Gene, die mich hundert werden lassen.

Ich lief ins Bad und wusch mir die Schmiere aus dem Gesicht. Die Frisur ließ ich stehen. Zog die Haare sogar noch höher.

28

Monique hatte mich gebeten, an einem Meeting teilzunehmen. Hatte die Businesssprache in den Zirkus gefunden? Ich dachte an die Meetings, die ich aus den Agenturen kannte, wo ich meine Texte vorlegen musste. Sie wurden gekürzt, zerpflückt und verbogen, bis sie den Marketingabteilungen gepasst hatten. Ein Mann, die Haare mit Creme in die Höhe getrimmt, Dreitagebart, ein Tablet in der Hand, war mir schon in den letzten Tagen aufgefallen. Ich hielt ihn für einen Bankbeamten, der sich originell darstellen wollte. Damit lag ich nicht falsch, wie ich später erfuhr: Er war von der Bank geschickt worden, um den Cirque Lunelli betriebswirtschaftlich einzuschätzen, nachdem dieser ständig klamm war und ein Insolvenzverfahren drohte.

Neben Monique saß ihr Freund, der Kraftakrobat. Um den Tisch herum die Schlangenfrau, die Trapezkünstlerin, der Seiltänzer, der Musiker, den ich an der Hammondorgel gesehen hatte, die beiden jungen Akrobaten, die Jongleuse.

»Ihr wollt mehr Publikum, Erfolg, Umsatz, Gewinn und euren Zirkus in die Zukunft bringen«, begann der Berater, »dazu müssen wir vorerst eine Persona entwickeln. Wer soll euren Zirkus besuchen?«

Sein Marketingsprech nervte mich. Die Fragen passten für Schraubenfabriken oder Autohäuser. Nicht für einen Zirkus.

»Magst du beginnen?«, fragte er die Seiltänzerin.

Und jetzt auch noch das Du. Auf dem Berg und bei uns im Dorf war man per Du gewesen. Aber hier? Er sollte den Artistinnen mehr Respekt zollen.

»Junge! Wir brauchen mehr junge Menschen. Das Durchschnittsalter unseres Publikums ist sechzig plus, wenn wir die Kinder wegrechnen«, brachte die Jongleuse ein.

»Alle Menschen. Vom Baby bis zur Bahre. Alle«, sagte ich wütend.

»Will man alle erreichen, ist man zu unspezifisch«, entgegnete der Berater.

»Aber das macht ja gerade den Zirkus aus, er ist für alle da. Er stellt die gesamte Gesellschaft dar. Ein soziales Gebilde, Arbeiter, Herrschende, Abhängige, alle Klassen unter einem Zelt, ein Ort der Kulturverdichtung mit komplexen kulturellen Transformationsprozessen in einer übersteigert ästhetischen Form.«

Ich hatte die Aufmerksamkeit an mich gerissen, ohne lange nachzudenken, und wunderte mich über meine heraussprudelnden Sätze. Louis' Texte hatten sich plötzlich mit den meinen vermischt. Sie hätten von Herbert sein können, von Vico, von Michelet.

Die Schlangenfrau klatschte, pflichtete mir bei. Ich hätte es wunderbar formuliert. Bevor sie zum Zirkus gegangen sei, habe sie Soziologie studiert, wie ich. Ich korrigierte auf Philosophie, aber das hätte ich doch abgebrochen.

Monique bat, den Berater vorerst einmal anzuhören, da er der Experte sei.

»Das Image des Cirque Lunelli soll geschärft werden«, setzte dieser fort, wo er aufgehört hatte, »dazu stellt sich eine weitere Frage: Was ist das Besondere an eurem Zirkus? Was macht euch aus?«

»Salti, Flickflack, Schrauben in der Luft.«

»Sprünge.«

»Das Publikum verzaubern.«

»Begeistern, aufregen.«

»Den Menschen Gefährliches zeigen.«

»Den Zufall erleben lassen?«

Der Berater tippte fleißig in sein Tablet.

»Lustig sein und zugleich berührend, stolpern. Leider nicht mehr, da wir keinen Clown haben.«

»Seltene Tiere zeigen.«

»Die sind auch weg, wir haben nur noch Mignonne.«

»Ein Pferd ist kein seltenes Tier.«

»Dieses schon«, sagte ich.

Die Schlangenfrau hatte ihren Korb geöffnet. Die Schlange hob ihren Kopf heraus und zischte. Kurz schreckte der Berater von seinem Tablet auf, bedankte sich schnell und versprach, aufgrund ihrer Beiträge, auf Basis der Zahlen und seiner Marktrecherchen ein Konzept auszuarbeiten und ihnen zu präsentieren.

Ich sah ihm nach. Er hüpfte, den vielen Pfützen ausweichend, über den Platz, blieb kurz stehen, putzte sich die Schuhe mit einem Tuch ab und schloss hinter sich das Gittertor.

29

Ich drückte auf Allongé. Mein zweiter Kaffee. Der Fernseher brachte die tägliche Information. An diesem Morgen traute ich mir zu, weiter nach Céline zu suchen. Nach einem dritten Schokocroissant (sie waren extrem klein), rief ich die Zentrale des Senders an.

»Wie war der Name? Wure?«, fragte eine Frauenstimme.

»Wührer. W-Ü-H-R-E-R.«

»Tut mir leid, dieser Name lässt sich nicht finden.«

»Die Journalistin, die auch heute Morgen im Journal berichtet hat.«

»Lefevre? Mongin? Forunier? Delaval?«

»Ja, ja. Céline Delaval«, sagte ich.

Sie trägt ihren Mädchennamen?

»Wen darf ich melden?«

»Muzak. Philip Muzak.«

Am liebsten hätte ich wieder aufgelegt. Ich hätte ihr schreiben können. Nicht gleich anrufen. Zu lange hatten wir voneinander nichts gehört. Nichts gelesen. Nur ich von und über sie. Wohl nicht umgekehrt. Ein Musette-Walzer füllte meine Wartezeit aus.

»Philip!«

Mein Herz klopfte laut, als ihre Stimme durch den Hörer klang. Ich holte allen Mut aus mir hervor und sagte:

»Wie geht es dir?«

Wie konnte ich nur mit so einer banalen Frage beginnen. Ich wollte sie treffen.

»Bist du in Paris?«

»Ja.«

»Ewig nichts … ich kann gerade schwer. Ich rufe dich gleich zurück.«

»Meine …«, sagte ich noch, dann hörte ich das Besetztzeichen.

Wollte sie wirklich zurückrufen oder hatte sie mich wieder versetzt? So wie ich es vor zwei Tagen vermutet hatte, auch wenn mir klar war, dass es nicht so gewesen sein konnte.

Auf dem Display erschien eine lange Zahlenreihe. Ich richtete mich auf und nahm den Anruf an.

»Warum rufst du an?«, fragte Céline ohne Gruß.

Was ich von ihr wollte, wusste ich selbst nicht so genau. Sie treffen, ja. Sie fragen, ob sie dem Cirque Lunelli mit einer Sendung helfen könne. Sie wiedersehen. Wieder lieben?

»Ich musste nach Paris und da dachte ich, ich könnte dich …«

»Wie lange ist es her?«

»Über zwanzig Jahre.«

»Genau fünfundzwanzig! Wie lange bleibst du?«

»Länger.«

»Länger? Oder bald wieder weg«, sagte sie lachend, und es klang zynisch.

»Genau weiß ich es noch nicht.«

»Also gut.«

»Wie geht es Georg?«, fragte ich.

Stille.

Hatte sie aufgelegt? Ich war zu direkt gewesen. Womöglich waren sie geschieden. Wieso sollte sie sonst ihren Mädchennamen angenommen haben.

»Treffen wir uns um fünf. Ich schicke dir die Adresse. Also, bis später.«

Ich wollte ihr noch meine Telefonnummer durchgeben, aber

sie hatte ja zurückgerufen, fiel mir ein. Verwundert über ihre rasche Zusage und darüber, dass sie sich die Zeit meiner Abwesenheit genau gemerkt hat, griff ich zu einem der letzten Croissants vom Frühstücksbuffet.

Aufgeregte Freude auf das Treffen löste langsam mein Zögern ab. Auf dem Display erschien: um fünf im Allard.

30

In meiner neuen blau und grün karierten Hose, ich hatte sie im Vintage Clothing in der Rue des Abbesses entdeckt (die alte graue ließ ich im Geschäft zurück), spazierte ich in Richtung des gleichnamigen Platzes. Von hier aus zum Allard mit der Metro zwanzig Minuten. Ein Expresso sollte die Zeit überbrücken. Durch die feucht angelaufenen Scheiben des Cafés beobachtete ich die Gegend. Die abfallende, belebte Straße führte zum Moulin Rouge. Putzige Geschäfte, ein kleines Hotel. Wie aus einem alten Ausschneidebogen oder wie eine Ansammlung von Puppenhäusern. Alles war klein. Die Gassen. Die Läden. Letzte Reste des alten Paris, mit Häusern, die auf historische Filme warteten, um als Kulissen zu dienen.

Hier schien die Zeit zu stehen, dachte ich, während ich im Kaffee rührte, obwohl weder Milch noch Zucker darin waren. Eine Angewohnheit, die weiterlebte, nachdem ich beidem vor langer Zeit abgeschworen hatte und die automatisch ablief. Wie die quälenden Gedanken, Papa im Dorf zurückgelassen zu haben. Einen scharfen Schnitt zur Vergangenheit zu ziehen, hatte ich mehrmals vergeblich versucht. Die ständigen Gedanken ließen mich immer wieder darin landen. Auch als er schon längst gestorben war. Papa ist gestorben. Du musst sofort nach Hause kommen und dich um alle kümmern, hat Mama am Telefon gesagt, mach endlich einmal, was ich sage. Ich musste allein die Verantwortung übernehmen und mein neues Leben in Paris zurücklassen. Was wäre anders, wäre Louis da gewesen? Hätte er meinen Abbruch aufgehalten, gesagt: Du kannst bleiben, ich kümmere mich um alles? Wäre er als Mann in der Familie eingesprungen? Ich hätte nicht Papas Rolle nach seinem Tod einnehmen müssen. Mama hat mich später doch gar nicht mehr gebraucht, kam mir in den Sinn, sie war nach Wien gezogen, hatte einen Freund gefunden. Wenn auch nicht lange. »Mama braucht mich« war in mir weitergelaufen, wie das sinnlose Rühren im Kaffee.

Aus der Jacke holte ich mein Büchlein hervor. Einige von Louis' Notizen hatte ich darin fein gefaltet aufbewahrt.

Es war Maman, die mir die Kunst nahebrachte, sie war an Literatur interessiert. Aber ich musste früh erwachsen werden, um unsere Familie mit vier Geschwistern und dem nicht mehr arbeitsfähigen Papa durchzubringen. Ich habe früh die Schule abgebrochen und arbeitete schon mit fünfzehn Jahren im Bergwerk. Ich verfasste im Geheimen Gedichte und Kurzgeschichten. Maman war begeistert.

Maman? Louis' wurde von seiner Mutter unterstützt, also meiner Urgroßmutter.

Wie Papa verehrte ich Leon Blum, den späteren sozialistischen Premier, und die Volksfront, nahm an Aufmärschen und dem Generalstreik 1936 teil. Aber das Scheitern der Regierung Ende der Dreißiger ließen mich am Sozialismus zweifeln.

Louis' Familie war politisch engagiert. Papa war es, als einer der frühen Grünen, auch. Gegen den Willen von Mama. Sie hat die Roten gewählt. Oma und Opa die Tiefschwarzen.

Ich wurde nach dem deutschen Angriff im Mai 1940 mit neunzehn Jahren eingezogen. Wir erhielten nur eine kurze militärische Ausbildung und kamen zur leichten siebzehnten Infanteriedivision, einer aus Resten der Verteidiger von Dunkerque zusammengesetzten Einheit, die sich unter hinhaltenden Gefechten von den deutschen Truppen in der Normandie absetzte. Wir waren völlig überfordert und gerieten am 15.6.1940 bei Beaubray südwestlich von Évreux in der Normandie in Gefangenschaft. Wir kamen vorerst in ein Durchgangslager. Vom Dulag aus wurden wir dann im Fußmarsch Richtung Österreich ins Stammlager Stalag XVII A bei Wien verfrachtet.

Ich fühlte meine Kraft schwinden, wollte ich mich doch auf Céline freuen. Zu viel Vergangenheit kostet Zukunft. Ich sah auf meine neue Hose, fand sie cool, holte Kleingeld aus ihr, legte dem Kellner zwei Euro fünfzig auf den Tresen, knöpfte den Mantel zu und lief zur Metrostation. Der Waggon war voll besetzt. Inmitten anderer, die ihre Hand wegzogen, sobald ihnen eine fremde zu nahe kam, hielt ich mich an einer Stange fest. Neben mir ein elegant gekleideter Mann in schwarzem langem Mantel, blauem Hut und feuerrotem Schal. Man sollte Freude haben, Lust auf Farben haben, schrill, wie für ein Fest. Wie die Alten in der Maison des Artistes.

31

Ich war zu früh ins Allard gekommen. Der Kellner bestätigte die Tischreservierung. Delaval (ohne Wührer). Geschieden wie ich.

Im Näherkommen sah ich sie lange an.

Kleine Falten auf der Stirn, unter den Augen, um den Mund. Ihr Gesicht war klarer und schärfer gezogen.

»Philip?«

Mehr als ein »Ja« brachte ich nicht heraus. Zuvor hatte ich noch mithilfe des Spiegels in der Toilette Variationen geprobt: freudig, selbstsicher, lachend. Schließlich hatte ich das Üben bleiben gelassen.

»Du hast dich kaum verändert. Ein wenig stärker geworden. Und weniger Haare«, sagte sie.

Lachte sie oder war es ein freundliches Anlächeln? Nach einigem Zögern ihrerseits küssten wir einander dreimal auf die Wangen.

»Du auch nicht, nur einige …«

Falten konnte ich noch rechtzeitig zurückhalten. Wie hatte ich nur erwarten können, dieselbe Céline anzutreffen wie einst. Wie weit waren meine Erinnerungen lebendig geblieben? Ich fühlte dieselbe Nähe wie früher und gleichzeitig waren wir weit voneinander entfernt. Nach meiner Rückkehr ins Dorf hatten wir noch Briefe geschrieben. Dann nur noch Geburtstagswünsche und irgendwann war der Kontakt versiegt.

Ich lächelte, halb aus Freude, halb aus Verlegenheit, rutschte auf dem Stuhl herum, fragte, warum sie so rasch bereit gewesen war, mich zu treffen, obwohl ich doch damals …

Noch bevor ich ausführliche Erklärungen abgegeben hatte, überholte sie mich.

»Was machst du hier? Ich dachte, du lebst in Wien. Urlaub? Sehnsucht nach alten Zeiten?«

Sollte ich schon jetzt mit der Familienstory herausrücken? Schließlich begann ich doch damit: »Wegen einer Familienangelegenheit.«

»Hast du uneheliche Kinder in Paris?«

Wieder hatte sie mich unterbrochen, lachte, aber nicht so zynisch wie am Telefon.

»Nein, nicht dass ich wüsste. Ich wollte dich treffen.«

Sie schüttelte den Kopf.

»Also doch keine Familienangelegenheit.«

»Auch. Aber sie ist absurd«, setzte ich fort.

Der Kellner brachte Wasser. Wir bestellten.

»Wie war es für dich, damals, zurück in Österreich?«

Die ehrliche Antwort wäre gewesen: unglücklich. Aber das sagte ich nicht: »Es ging so. Irgendwie.«

Sie drehte den Kopf zur Seite.

»Du hast uns zurückgelassen.«

Mist. Ja. Ich weiß. Was soll ich im Nachhinein tun? Ich wandelte meine Schuld in Angriff um.

»Du hast Georg auch sehr schnell geheiratet, ich wäre vielleicht zurückgekommen.«

»Niemals, du warst schon damals von deiner Sippschaft abhängig.«

»Aber jetzt bin ich da.«

»Nur wegen mir?«

Ich zögerte wieder, aber vielleicht gefiel ihr meine neue Familiengeschichte, sagte: »Ich soll einen französischen Großvater haben.«

»Du bist immer für Überraschungen gut. Zuerst verschwindest du, dann hast du andere Großväter in Frankreich«, sagte sie spöttisch.

Glaubte sie mir nicht?

»Nur einen«, korrigierte ich.

»Tausendmal besser als dein Nazi-Großvater.«

»Du kanntest ihn doch gar nicht.«

»Du hast von ihm erzählt. Ich dachte damals schon, dass du hierhergehörst. Etwas französisch sahst du ja aus. Heute noch mehr.«

Langsam kam ich in Fahrt, begann zu erzählen, von Geld, Pferd, Kiste, Notarin. Den Namen meines neuen Großvaters hielt ich zurück, konnte ich doch nicht einschätzen, wie sie auf einen Clown reagieren würde.

»Claire liebt Pferde«, sagte sie.

»Wer?«

»Unsere Tochter. Ihr Freund hat einen Stall in Neuilly.«

Sie hat eine Tochter. Nun erinnerte ich mich. Die Geburt war in einem Brief erwähnt. Sie musste auch schon über zwanzig Jahre alt sein.

»Schön! Und wie geht es Georg?«

»Der ist nicht mehr da.«

»Seit wann seid ihr getrennt?«

»Wir sind nicht getrennt. Er ist vor fünf Jahren gestorben.«

Ich führte die gefüllte Gabel wieder aus dem Mund.

»Was? Wie? Ein Unfall?«

Ich dachte sofort an Papas plötzlichen Tod.

»Nein. Lungenembolie.«

Das geht auch schnell.

»Oh, Gott!«, sagte ich.

»Er hatte sich immer mehr in seine Arbeit vertieft. Kaum mehr geschlafen. Er war besessen von seiner Forschung. Und zuletzt war er mehr im Weltraum als bei uns.«

Mein Freund war für Céline unerreichbar geworden, hatte sich im Weltall verirrt und ins Vakuum verabschiedet? Wir hatten beide Perry-Rhodan-Hefte gesammelt (es müssten noch welche im Keller in Wien lagern). Ich war in Deutsch und Philosophie besser als er, Georg von Physik und Mathematik fasziniert, war offener als ich gewesen, frech, frei, sprach mutig alles aus. Hat Georg aus der Unendlichkeit nicht mehr zurückgefunden? Niemand hatte mir von seinem Tod erzählt. Schlechtes Gewissen durchzog mich. Seit Jahren war ich nicht mehr im Dorf gewesen, dort musste man es gewusst haben.

»Er war im Laufe der Jahre immer weniger am Leben auf der Erde interessiert. Nicht wie du. Vielleicht warst du es zu sehr. Zumindest damals.«

Nicht wie ich am Leben interessiert? Das musste ich vergessen haben. Ich sollte es selbst gewesen sein, der, wie sie nun erzählte, gemalt, geschrieben, auf Partys gesoffen, Gitarre gespielt, getanzt, in Lokalen heftig diskutiert, sich in der Nähe von Frauen selbstbewusst bewegt hatte, ihnen schnell nahegekommen war, oft zu schnell, schnell wie mein kurzfristiger Entschluss, zum Studium nach Paris zu gehen und ebenso wieder zu verschwinden. Meine früheren Aktionen erschienen mir wie die eines Fremden.

»War es schlimm?«, fragte ich.

»Am Ende doch. Er war so plötzlich gestorben. An einem Nachmittag, als er endlich einmal geschlafen hat. Aber schlimmer noch war es für Claire.«

Ich griff mir auf die Stirn. Schüttelte den Kopf.

»Wie schrecklich!«

Die Stützen fielen nach und nach weg. Jetzt ist auch Georg tot, dachte ich, während meine Knie zitterten.

»Ja, aber die Beziehung war schon länger krank gewesen.«

War ich von ihr fortgegangen, bevor unsere Liebe verwelken

hätte können? Vorsichtig wollte ich meinem Verdacht nachgehen. Doch sie fragte: »Was ist in der wunderlichen Kiste?«

»Unterlagen, Fotos, Briefe.«

»Was hast du noch geerbt? Das Pferd und …?«

»Ein wenig Geld.«

»Eine Kiste mit Unterlagen und Geld. Toll. Von wem?«

»Von einem Großvater.«

»Weiß ich schon. Sag schon, wer war er?«

»Ein Clown.«

»Ein böser oder ein guter?«

»Ich glaube ein guter.«

»Wenn er alt war, dann …«

»Achtundneunzig.«

»… dann war er ein guter. Kein Wutclown. Die sind erst vor zwanzig Jahren in den USA aufgetaucht. Aus Amerika kommt selten etwas Gutes.«

»Louis Pichereau. Sagt dir der Name etwas?«

»Der große Louis? Ich dachte es mir schon. Sein Tod war groß in den Medien.«

Sie kannte meinen biologischen Großvater? Alle kannten ihn. Nur ich und Papa nicht.

»Bist du gar nicht entsetzt?«, fragte ich.

»Warum sollte ich? War er der Vater deines Vaters?«

»Ja. So sagt es die Notarin. Und Gaston.«

»Sein Compagnon.«

»Den kennst du auch?«

Sie nickte.

»Das Pferd steht noch im Cirque Lunelli?«

Jetzt nickte ich.

»Mignonne?«

»Ja, Mignonne!«

»Und die gehört jetzt dir? Claire würde sich freuen.«

Ich war stolz. Mein Pferd war beinahe so berühmt wie sein ehemaliges Herrchen. Was heißt Herrchen. Mignonne war Louis' zweiter Compagnon. Wäre das eine Option? Claires Freund hatte einen Stall.

»Ich könnte es ihr schenken«, sagte ich.

»Nicht jetzt, sie möchte zum Studium ins Ausland gehen.«

Nun wollte ich mehr über Georg wissen. Hat Georg sein neues Zuhaus im All gefunden? Céline zog eine Visitenkarte aus ihrer Tasche und schob sie mir zu. Sie wollte mich also wiedersehen (unsere alten Zeiten hatten sich aufgefrischt!).

»Und geh auf Centre européen de sciences quantiques, da findest du Georg noch.«

Erschrocken über seinen Tod verlief ich mich auf dem Weg ins Hotel. Vor der Gedenktafel neben dem Hoteleingang hielt ich inne.

C'est ici qu'a vécu l'historien et écrivain Jules Michelet, père de l'Histoire de France.

Michelet hat laut Herbert Vicos Texte vor dem Vergessen gerettet, jedoch so in das 19. Jahrhundert verlagert, dass manche seiner Theorien verändert und verwässert wurden. Könnten nicht auch die Lunellis manches des alten Zirkus ins 21. Jahrhundert herüberretten – ohne zu verwässern?

Auf dem Bett liegend drehte und wendete ich ihre Karte. Céline hatte mich an meine einstige Lebensfreude erinnert. Oder war ich damals nur einfältig lebendig und naiv gewesen?

32

Ich brauchte Minuten, um Georg im Netz zu finden. Ich erkannte ihn vorerst nicht. Er sah aus wie ein Waldschratt. Kopf und Gesicht mit Haaren umgeben. Georges Wuhrer – neben dem Namen ein Kreuz – forschte im Bereich langfristiger Interaktionen der vielfältigen neuen physikalischen und exotischen Phasen der Materie (ab hier musste ich einen digitalen Übersetzer zu Hilfe nehmen), die bei weitreichenden Wechselwirkungen entstehen. Mithilfe wechselwirkender Gase werden riesige Nichtlinearitäten erzeugt. Ein solches Beispiel ist die schwer fassbare Anti-Drude-Metallphase, die algebraisch abklingenden Korrelationen außerhalb der Diagonale, eine verschwindende Suprafüssigkeitsdichte und …

Hier gab ich auf.

Ich glaubte zu wissen, dass Elementarteilchen keine festen Bausteine sind, sondern Quanten eines frei bewegenden Feldes, elementare Anregungen gewissermaßen, die sich in winzig kleinen Wellen schnell bewegen, verschwinden, wieder auftauchen, sodass nach seltsamen Gesetzen ein Springen von einer Wechselwirkung zur nächsten existieren soll und …

Klingeln holte mich in das Zimmer zurück. Mama.

»Warum hast du mir nicht erzählt, dass Georg gestorben ist?«

»Dein Freund, mit dem du in Paris warst? Du hast doch schon lange keinen Kontakt mehr mit ihm gehabt.«

Stimmt. Mama hat recht, musste ich mir langsam eingestehen. Ich hatte mich nie mehr bei meinem Freund gemeldet. Ihm nie geschrieben. Nie nachgefragt, wie es ihm ging. Ich hatte ihn in mir weggeschoben. Mein Leben aufzubauen, war gescheitert. Es war eine Niederlage gewesen. Er war der Erfolgreiche, derjenige, der sein Studium zu Ende brachte, ich der Versager, der sich mit Werbetexten über Wasser hielt, mit einer gescheiterten Ehe, mit einem Vater, der nicht in die Gänge gekommen war.

»Bist du bald zurück?«

Ich verneinte.

Langsam erlaubte ich mir, die Leinen zu lockern und mein Leben unabhängig von ihrem zu führen. Ich wartete auf ihre Empörung. Aber sie kam nicht. Dagegen sagte sie: »In deiner Wohnung liegen Hunderte Briefe. Ungeöffnet. Und dein Kühlschrank ist leer. So wirst du nie eine neue Liebe finden.«

Brauche ich eine neue Liebe? Und braucht eine Liebe einen vollen Kühlschrank? Jeder sollte doch für sich selbst sorgen.

»Die Verbindung ist schlecht, Mama. Ich melde mich morgen wieder.«

»Nicht am Vormittag, da bin ich beim Masseur.«

Wäre eine neue Liebe die alte? Wie würde sie sich von einer früheren abheben? Mit Céline wäre sie wohl nicht mehr so ungezwungen wie damals, auch wenn wir dieselben Menschen sind. Die vergangene Zeit konnte ich nicht zurückdrehen, wieder gutmachen, was ich ihr und Georg durch meinen Abbruch angetan hatte. Konnte Louis die verloren gegangene Zeit der Gefangenschaft wettmachen? Er hatte viele seiner jungen Jahre im Lager zurückgelassen und war doch noch berühmt geworden. Ich entdeckte eine neu gewonnene Freiheit, sie fühlte sich wie eine Leere an, wie ein Nichts. Ich glaube, ich existiere langsam wieder und alles wird möglich, flüsterte es in mir. Sofort drängte ich den Gedanken wegen Kitschgefahr zurück. Ich quetschte das Kopfkissen unter mein Gesicht und rollte mich ein wie ein Hund in seinem Körbchen. Bei laufendem Fernseher und mit Célines Visitenkarte in der Hand schlief ich ein.

33

Ich ließ mir Kaffee ins Zimmer bringen. Später wollte ich im Chez Jeannette frühstücken, aber vorher in Louis Unterlagen weiterlesen.

Es war einmal, meine Geschichte.

Ich blätterte durch ein schwarz eingebundenes Heft.

Eigentlich wollte ich Schriftsteller werden, aber Vater wollte, dass ich etwas Gescheites studiere, doch dazu ist es nicht gekommen.

Mein Vater war Kohlearbeiter und Sozialist, diente im Ersten Weltkrieg und überlebte schwer verletzt die Schlacht an der Somme.

Auf den Knien hockend öffnete ich ein Paket mit der Aufschrift: *Stalag XVII A,* zog einige Blätter hervor.

Heute haben sie wieder einen Wagen voller Russen abtransportiert, nur in Papier eingepackt oder abgedeckt, und sie so ins Massengrab geworfen, ohne Ehre, ohne irgendwas. Sie haben sie verhungern lassen. Sie sind Untermenschen, sagen sie. Wie unsere schwarzen Soldaten. Wir Weißen genießen etwas mehr Schutz, nicht nur durch das Rote Kreuz. Trotzdem bestehen die Suppen nur aus Wasser und das Brot ist aus Holzspänen. Wir bringen den Russen manchmal etwas Essen. Sie haben oft nicht einmal das, was wir haben. Uns geht es besser, wir bekommen einmal pro Monat ein Paket von zu Hause. Und ich bekomme gutes Essen bei Erna.

Ich hatte mit Georg auf dem Lagerfriedhof gespielt, unter dem die Leichen lagen, die wahrscheinlich damals schon zerfallen waren.

Ich stieß auf ein angerissenes Blatt.

Als mit dem nahen Ende des Krieges im Jahre 1945 die Rote Armee im Anmarsch war, wurde zwischen Ende März und Anfang April der Befehl zur Evakuierung der Insassen in westlicher Richtung gegeben.

Auf der Rückseite stand von Hand geschrieben:

Ich musste 1945 fort. Das Lager wurde geräumt, die Sowjets standen davor und die Deutschen trieben uns fort.

Das passte zu Louis' Fußmarsch in den fremden Schuhen des Deutschen zurück nach Frankreich.

Im Stalag war ich derjenige, der aus den schlimmsten Situationen noch einen Witz herausholte. Deshalb war ich auch oft im Lagergefängnis. Musste ich im Lagerorchester mit der Klarinette die deutschen Lieder blasen, drehte ich die Klarinette um und sagte, sie sei kaputt, da komme kein Ton raus, oder hielt sie quer und sagte, ich habe das falsche Instrument, sie sollten mir eine Querflöte bringen. Einmal vor dem Kommandanten spielte ich einen Hustenanfall, jedes Mal, wenn ich ansetzte. Das Orchester musste mehrmals von vorne beginnen. Ein andermal habe ich das Lied »Vor der Kaserne, bei dem großen Tor« am Vorplatz gesungen, mit dem von einem Franzosen aus Saarbrücken umgedichteten Text. Der arme Dichter ist dann im Kerker an »Lungenentzündung« gestorben. Als Todesursache haben sie meistens Lungenentzündung geschrieben, obwohl sie verhungert oder erschossen worden sind. Ich wurde nur eine Woche in den Kerker gesteckt.

Wir wurden an Fabriken und Bauernhöfe verborgt. Ich hatte Glück, die Bauersleute waren keine Nazis und nahmen mich auf wie einen Sohn. Da habe ich mich in Erna schnell verliebt. Ich war todunglücklich, als ich am Ende des Krieges fortmusste. Nach wochenlangen Märschen war ich zu Hause in Lens gelandet. Viele von uns waren auf dem Weg gestorben. Ich war mit Gaston bis kurz vor Paris gekommen, dann bin ich abgebogen.

Manisch suchte ich Stöße von Papieren durch, suchte nach passenden Fotos. Ein Bild von Erna und Louis hatte ich vor Kurzem in der Hand gehabt.

Die aufregende Freude des Entdeckens, das gleichzeitige Erschauern und die Erinnerungen ans Spielen auf dem Friedhof mit Georg hatten mich das neuerliche Klingeln überhören lassen. Über die Mobilbox hörte ich Monique. Sie bat mich, am nächsten Tag in den Zirkus zu kommen, der Berater der Bank habe sich mit einem Vorschlag zur Sanierung angekündigt.

34

Auf den besetzten Parkbänken richteten sich die Gesichter nach der Sonne aus wie die Blumen ihre Blüten (welche diese waren, wusste ich noch immer nicht). Gaston winkte mir zu.

»Gut, dass du kommst, ich habe etwas mit dir zu besprechen.«

»Ich auch«, sagte ich.

Waren wir zum Du übergegangen? Ich konnte mich an keinen Wechsel erinnern. Aber es fühlte sich richtig an.

Er bat mich ins Haus. Durch die gläsernen Türen und in den halb blinden Spiegeln beobachtete ich die Artistinnen. Gaito schien sitzend zu schlafen, zwei spielten Karten, Valentina saß am Klavier und sang. »J'ai deux amours« war gedämpft zu hören. Sandrine konnte ich nirgendwo entdecken.

»Ich bleibe noch länger hier«, sagte ich.

»In Paris?«

Gaston bot mir Cognac an. Aber Kopf und Magen wollten heute nicht.

»Cognac ist die beste Medizin.«

Er schenkte das Glas halb voll. Ich nahm einen großen Schluck.

»Ich wollte dich fragen«, sagte ich, während ich um Luft rang, »ob du mir helfen kannst, damit Mignonne im Zirkus bleiben darf. Sie wollen, dass ich sie woanders unterbringe.«

»Tritt mit Mignonne im Cirque Lunelli auf, so kann sie vielleicht dort bleiben«, sagte er.

Mein Magen zog sich noch mehr zusammen, mein Rücken

schmerzte. Ich saß auf dem Parkettboden. Druck ließ die Luft hochsteigen, mit Mühe hielt ich ein Rülpsen zurück.

»Und sobald du erkannt hast, wie ein Entrée funktioniert, wirst du hungrig danach. Aber vorher muss die Idee in die Tat übergehen.«

Was sollte ich vorführen? Und wie? Der Druck wurde noch stärker. Auch wenn meine Freunde in Wien über meine Witze und Zynismen lachen konnten, fand ich meine Witze inzwischen nicht mehr lustig. Dass es eine andere Art von Humor, eine freiere, weniger zynische gibt, hatte ich inzwischen kapiert. Aber war sie mir gegeben? Könnte ich selbst auftreten? Wäre ich nicht als Enkel von Louis mit riesigen Erwartungen des Publikums konfrontiert?

Gaston bekräftigte sein Angebot, mich das Wichtigste über die Komik zu lehren. Über das Spiel des Clowns. Eine einfache Nummer entwickeln. Einen kleinen Auftritt. Ich sollte mich nicht so anstellen und immer, wenn er von Auftritt sprach, gleich psychosomatisieren.

Woher hatte er diesen Begriff?

»Psychosomatisieren?«, fragte ich.

»Hör auf, alles in dich hineinzufressen. Bring deine Energien nach außen.«

Jetzt kam anstelle des Rülpsens mein Ärger hoch. Ich atmete lautstark aus und hielt mich gerade noch zurück, ihn anzupfauchen.

»Das Publikum hat Mignonne immer geliebt. Sie macht die meiste Arbeit allein. Die Liebe geht über auf dich und alles Weitere kommt mit der Übung und mit dem Publikum.«

Ich versuchte, den letzten Tropfen aus dem Glas zu erwischen, schob die Vorstellung, aufzutreten, zur Seite und wechselte zu einer weiteren Frage.

»Hast du sonst keine Idee, wie man dem Cirque Lunelli helfen könnte, um erfolgreicher zu werden, mehr Publikum zu bekommen?«

Gaston nahm meine Hand und zog sie zu sich. Er sprach, als ob er mir ein Geheimnis mitzuteilen hätte.

»Sie müssen sich einfach wieder mehr auf ihre Kunst konzentrieren, und du kannst ihnen mit einem Auftritt mit Mignonne helfen.«

Sich vermehrt auf das eigene Können konzentrieren, daran hatte ich selbst schon längst Hunderte Male gedacht und vergeblich versucht, sie davon zu überzeugen.

Gaston schenkte Cognac nach.

»Ich weiß, die Lunellis sind stur und wissen nicht wohin. Einerseits wollen sie unbedingt den Zirkus erneuern, andererseits ihn so aufrechterhalten, wie sie ihn gewohnt sind. Das kann nicht funktionieren. Ihre Nummern sind inzwischen zur Konserve verkommen. Sie müssen sie wieder frisch machen. Jeden Tag von Neuem. Wie zum ersten Mal. Louis hatte bis zuletzt sein Niveau gehalten.«

Ich erinnerte mich an Wim Wenders »Nick's Film«. Im Sterben sagt der Regisseur Nick Ray, man könne einen Film nur wie zum ersten oder wie zum letzten Mal machen, alles dazwischen wäre nichts (ich glaube, er hatte shit gesagt).

»Könnten deine Kolleginnen aus dem Altenheim aushelfen? Mit ihnen gemeinsam arbeiten und auftreten? Das wäre doch außergewöhnlich!«, sagte ich.

»Um Gottes willen! Der Messerwerfer trifft nicht mehr, Gaito ist depressiv, der Pferdeflüsterer schafft es nicht mehr aufs Pferd und könnte nur vom Boden aus arbeiten.«

Gaston leerte sein Glas.

Nach längerem Nachdenken änderte er seine Meinung. Sie könnten vielleicht einen einmaligen Benefizabend mit ihrer Hilfe und Teilnahme veranstalten, die alten Artistinnen gemeinsam mit den jüngeren. Sie würden nur machen, was sie noch schafften.

Ein Benefizabend. Das wäre etwas. Nur von der Idee meines Auftritts als Louis' Enkel mit Pferd ließ er sich nicht abbringen. Ich bot ihm andere Unterstützungen an. Eine Social-Media-Kampagne, ich könnte Céline bitten, im Fernsehen über den Abend zu berichten, vielleicht sogar einen Film über den Benefizabend zu drehen. Aber bitte nicht selbst auftreten müssen.

»Kannst du morgen Vormittag mit in den Zirkus kommen, um die Lunellis von der Idee zu überzeugen und mir mit deiner Autorität beizustehen?«, fragte ich.

»Gut. Ich werde aber zuerst mit meinen Kolleginnen sprechen, wer mitmachen möchte, und überlegen, wer es noch schaffen könnte. Jetzt noch einen Drink?«

Ich lehnte ab, mein Glas war noch voll. Mein Magen hatte sich beruhigt, mein Kopf begann sich freier zu fühlen, wie Gaston prophezeit hatte.

»Was ich dich schon die ganze Zeit fragen wollte: Was sind das für Blumen im Park, die im November blühen?«

»Christrosen«, sagte Gaston.

Von denen hatte ich tatsächlich noch nie gehört.

35

Er kam in einem weiten Mantel. Wir saßen in einem leeren Wohnwagen.

»Louis würde sich freuen, könnte er dich hier in einem Zirkuswagen sehen«, sagte Gaston.

Er zog den Mantel aus. Hervor kam ein Weißclown. Weiße Strümpfe, ein glitzernder Hosenanzug, die weite Kniehose mit farbigen Blumenmotiven bestickt. Den Kragen aufgestellt, das Unterhemd ein wenig unter die Brust gezogen, begann er sich zu schminken. Während er sich das Gesicht weiß färbte und die Lippen rot, dankte ich ihm für seine Bereitschaft. Gegen die Argumente des alten Clowns würden sie sich nicht auszusprechen trauen.

Er zeigte mir sein Gesicht.

»Gut so?«

»Parfait«, sagte ich.

Das Weiß war gleichmäßig über das Gesicht verteilt (nicht so fleckig, wie es bei mir gewesen war), zwei feine künstliche Augenbrauen mit schwarzem Stift hochgezogen, die Augenränder ebenso in Schwarz, Lippen und Augenlider in Rot. Bevor wir ins Freie traten, stimmten wir uns ab, wer sprechen würde und worüber. Dann spazierten wir in Richtung Gemeinschaftswagen.

Gaston trat vor mir ein. Alle standen auf und klatschten spontan. Monique bat uns, Platz zu nehmen.

Mit: »Der Berater hat sich entschuldigt, er musste zu einem

persönlichen Notfall. Aber er hat uns sein Konzept geschickt«, eröffnete Monique das Treffen. Der persönliche Notfall war wohl die Schlange, die beim letzten Mal plötzlich aufgetaucht war, dachte ich.

Wir warteten gespannt. Monique klappte eine Mappe auf und begann laut vorzulesen.

»Der Cirque Lunelli wird einer radikalen Modernisierung unterzogen, um seine Zukunft in einem veränderten Umfeld zu sichern. Das Publikum erhält am Eingang eine Cyberbrille. Es setzt sich daraufhin auf die billigeren Bänke und in die teureren Logen. Hier braucht es nur einen Conférencier, der die Verwendung der Brille erklärt. Die Besucher:innen setzen die Brille auf und die Vorstellung kann beginnen. Ein spezialisiertes Filmteam hat zuvor mit einer Dreihundertsechzig-Grad-Kamera die Auftritte der Artist:innen gedreht und daraus den Film produziert. Die Musik wird separat aufgenommen und über sechs Lautsprecher, die im Raum verteilt von der Decke hängen, abgespielt. Besucher:innen sehen in der Brille eine vollständige Aufführung, als würde sie live stattfinden, und erleben diese noch intensiver als bei den konventionellen Vorstellungen. Die Produktion für Film und Musik braucht ungefähr vier Wochen. Danach für Schnitt und Endfertigung noch einmal vier Wochen. Zur Realisierung des Erneuerungsprogramms ist anfangs eine größere Summe zu investieren. Unsere Bank würde für diesen Zweck einen günstigen Kredit gewähren. Die Zirkusartist:innen müssten nicht mehr jeden Tag selbst auftreten und hätten mehr Freizeit …«

Monique war mehrmals über das »innen« gestolpert.

»Sie könnten sich als nunmehrige Eigentümer eines hochmodernen und effizienten Zirkusunternehmens des Lebens erfreuen, für ihre Partner:innen und ihre Familien zur Verfügung stehen, und sich bei den Vorstellungen, wo ja nur ganz wenige Personen gebraucht werden, vertreten lassen oder abwechseln. Einmal im Jahr wird neu produziert. Die Artist:innen müssen einander für die Filmaufnahmen nur noch einmal im Jahr treffen.«

Monique sah in die Runde.

»Und?«, fragte sie.

Langes Schweigen.

»Wie hoch müsste der Kredit sein?«, sagte die Jongleuse.

»Der Aufwand wären fünfzigtausend Euro jedes Jahr, schreibt er. Bei fünf Aufführungen pro Woche und je zweihundert Besuchern wären die jährlichen Raten innerhalb von fünf Monaten wieder drinnen. Das heißt, ab dem sechsten Monat würden wir verdienen.«

»Wenn ich nicht regelmäßig auftrete, verlerne ich es doch.«

»Ich würde zunehmen, wer will schon eine dicke Seiltänzerin.«

»Ich kenne solche Cyberbrillen. Da kann man ja gleich ins Kino gehen! Jede Vorstellung wäre dieselbe.«

»Unsere Besucher kommen häufig mehr als einmal in die Vorstellung, weil live immer neu ist, aufregend und gefährlich.«

»Ich liebe es, täglich zu springen und zu fliegen. Ich bin süchtig danach. Mache ich das nicht, werde ich depressiv.«

»Ich will nicht mein Leben lang von der Bank abhängig sein.«

Sie diskutierten heftig. Vorerst sah es nicht nach Zustimmung aus.

»Ich würde gern Philips Vorschläge hören«, mischte sich die Schlangenfrau ein.

Applaus.

Ich startete mit meinen Ideen: das alte Schild restaurieren, das ich hinter dem Zelt gefunden hatte, die Bänke, Wohnwagen und Stühle aufmöbeln, lebendige Werbetexte schreiben, das Logo modernisieren. Auch hatte ich in den letzten Tagen kleine Skizzen mit Bildern eines Zirkus angefertigt, wie ich ihn aus meinem Kinderbuch kannte und von den Zirkusbesuchen mit Papa.

Lebendige Werbetexte schreiben und das Logo überarbeiten brachten mir Beifall. Das Auffrischen der Wohnwagen und des Inneren des Zeltes stieß auf weniger Begeisterung.

»Verzeih, das ist alles wunderbar, aber das ist nichts Neues«, sagte Monique.

Nun brachte sich Gaston ins Spiel und bat um Aufmerksamkeit.

»Besinnt euch auf die alten Regeln des Zirkus. Etwas absolut Neues braucht ihr nicht. Wenige Objekte. Einfaches. Auf Schönheit achten. Echte Körper. Wahres Können. Immer wie zum ersten Mal spielen. Keine konservierten Wiederholungen.«

Gaston sprach langsam und betonte jedes seiner Prinzipien und jede Empfehlung. Er erzählte von den Zirkussen der zwanziger, dreißiger, vierziger und fünfziger Jahre, von der Kunst und Lebendigkeit der Artistinnen, die das Publikum in skurrile Welten führten, ihr Herz vor Aufregung zum Klopfen brachten, eine Nummer aufregender gestalteten als die andere.

Kein Atem war zu hören. Gaston tupfte mit einer Serviette vorsichtig den Schweiß von der Stirn.

Die Schlangenfrau durchbrach das Schweigen und schlug eine neue Schlangennummer gemeinsam mit der Seiltänzerin vor, eine hybride Nummer.

»Deine Schlange ist aber ein Wildtier«, sagte Monique.

»Schlangen wurden bei den neuen Vorschriften vergessen«, konterte die Schlangenfrau.

Die Seiltänzerin fand den Vorschlag gut, wollte aber noch eine Nacht darüber schlafen.

»Wir machen aus unserem Zirkus einen grünen Event. Einen nachhaltig und grün zertifizierten Zirkus. Keine Plastikflaschen und Becher, nur gesunde Naschereien und Getränke, wiederverwertbare Alternativen, wir hauchen weggeworfenen Geräten und Objekten neues Leben ein, küssen alte Kleider oder gebrauchte Stoffe wach, verhelfen matten Kostümen zu neuem Glanz. Mit kreativen Lösungen widersetzen wir uns der Massenproduktion«, begeisterte sich die Jongleuse.

»Wunderbar. Ein grüner Zirkus wäre etwas Neues.«

»Mignonne passt in dieses Konzept. Sie ist auch grün«, sagte ich und hoffte, damit ihren Verbleib zu erreichen.

Mehr und mehr kam Bewegung in die Runde. Ich drängte auf eine Musik, die das Publikum mitreißen konnte, auf atemlose Vorstellungen voller Buntheit und Absurdität, die dem Leben näherkämen als jede Brille der virtuellen Welt. Aber ich hatte noch ein Ass im Ärmel. Ich deutete mit einem Kopfnicken in Richtung Gaston.

»Wir haben noch einen Vorschlag«, sagte er, »wir veranstalten zum Neustart eine Benefizveranstaltung, gemeinsam mit einigen Artistinnen aus der Maison des Artistes, mit erhöhten Eintrittspreisen.«

»Vielleicht gelingt es mir, eine Freundin mit einem Filmteam von *Canal+* zu interessieren«, setzte ich hinzu, »sie könnte einen Film produzieren, den wir übers Internet verbreiten.«

Gaston übernahm wieder das Gespräch.

»Marcello, Flying Valentina, Jarome und Sobcak treten auf, soweit sie noch können. Gaito ist zu müde, er möchte aber zusehen. Ich komme als Weißclown. Wir erzählen von unserem Leben in den Zirkussen, die kaum mehr jemand kennt, vom Zirkus Krone, Medrano, Sarrasani, Ringling Brothers, von Louis. Und Philip tritt als Enkel von Louis auf.«

Mein Magen meldete sich wieder.

Nicht psychosomatisieren, Philip, sagte ich mir und atmete meine Ängste lautstark aus. Niemand hörte es, so begeistert wurde geplant, meine Zeichnungen an die Wand gehängt, erste Probentermine vereinbart.

Wenig später betrat ich leise den Wohnwagen. Gaston lag mit geschlossenen Augen auf dem Sofa.

»Ich schlafe nicht«, sagte er, »das war doch gut vorhin.«

36

Das Display zeigte Célines Nummer. Wieder die Aufregung. Aber diesmal kein Lampenfieber, keine Angst vor der eigenen Lächerlichkeit, es war die Vorfreude auf ein neuerliches Treffen.

»Ich habe eine Idee. Ein Imbiss zu Mittag?«, sagte sie und nannte mir den Treffpunkt in der Nähe ihres Senders.

Ich fantasierte, was sie mir präsentieren würde. Was hat seit dem letzten Rendezvous in ihr gearbeitet, dass sie mich so rasch wiedersehen wollte, und was konnte das für eine Idee sein? Hatten sich während der verflossenen Jahre neue Möglichkeiten für uns angesammelt, die einen Neuanfang möglich machten?

Unruhig beobachtete ich die Zeiger meiner Armbanduhr.

Während des Wartens ließ ich den neuen, grünen Cirque Lunelli an mir vorüberziehen. Was alles neu erfinden? Plötzlich wurde ich doch wieder unruhig. Ich fiel mir selbst ein. Wo konnte ich in den nächsten Wochen wohnen? Etwas Geld war noch da, aber ständig im Hotel wohnen? Es würde bald dahingeschmolzen sein, kämen nicht neue Aufträge herein.

Ich stand auf.

»Die Sitzung hat länger gedauert«, entschuldigte sie sich.

Einander zaghaft berührend und zugleich distanziert umarmten wir uns.

»Der Vorstand hat detailreich erklärt, wie er sich die zukünftige Strategie des Senders vorstellt, obwohl wir dies alle längst wussten«, schimpfte sie flüsternd.

»Das kann ich mir vorstellen, mühsam.«

Mit Verständnis versuchte ich, ihr näherzukommen.

»Wir können überhaupt nicht mehr gründlich recherchieren. Überall Einsparungen. Die Meldungen werden von den Presseagenturen übernommen, Newsrooms werden von Maschinen gesteuert.«

Sie legte das Telefon neben sich auf den Tisch.

»So. Jetzt ist aber Ruhe. Wie geht es dir?«, fragte sie.

Ich suchte nach einer passenden Antwort.

»Gut so. Erschütternd, wenn ich an Georg denke. Verwirrend die Erbschaft. Der neue Großvater.«

Sie spielte unruhig mit ihrem Smartphone.

Wie sinnlos doch solche Fragen nach dem Befinden sind, die man stellt, ohne sich wirklich für die Zustände des Gegenübers zu interessieren. Sagt man schlecht, wollen die Menschen es nicht hören. Daher sagt man immer gut. Es war aber noch nicht gut.

»Ich brauche etwas von dir«, sagte sie, »ich hatte eine Idee. Ich würde gern einen Dokumentarfilm über den alten sterbenden Zirkus mit Louis als Protagonisten machen. Du könntest mir helfen, das jetzt auf die Reihe zu kriegen. Louis muss doch vieles aus seinem Leben gesammelt haben.«

»Trotz der Einsparungen, von denen du gesprochen hast?«

»Das habe ich noch im diesjährigen Budget.«

Ich war ein wenig verärgert. Enttäuscht, dass sie mich nicht um meiner selbst willen hatte treffen wollen.

»Du hast doch von Louis' Kiste erzählt, die du geerbt hast. Da sind bestimmt jede Menge Erinnerungen drin, die man verwenden könnte. Und du kennst jetzt die Menschen um ihn herum. Stell mir bitte einige deiner Unterlagen zur Verfügung. Ich kann sogar ein Honorar dafür zahlen.«

Ich zögerte. Viele Fotos und Dokumente lagerten noch ungeordnet in der Kiste.

»Wie viel bekäme ich?«, fragte ich und schämte mich sogleich, so direkt an Geld zu denken, aber schließlich würde ich dafür länger in Paris bleiben müssen.

»Zweitausend, wenn du sie mir geordnet übergibst.«

Sie brauchte etwas von mir. Ich wäre mit ihr in ständigem Kontakt. Die Ausstrahlung ihres Dokumentarfilms könnte außerdem dem Cirque Lunelli mehr Publikum bringen.

»Zu wenig?«, fragte sie.

»Nein, nein. Wie lange habe ich Zeit dafür?«

Meine Gedanken rasten durch die Unterlagen, die ich bereits gesichtet hatte, und die, die noch auf Entdeckung warteten. Ich sagte zu, nutzte aber die Gelegenheit, mir im Gegenzug auch etwas zu wünschen.

»Ich habe noch keinen Termin fixiert.«

»Mit Gaston, mit all seinen alten Kollegen und Artistinnen haben wir eine Galavorstellung geplant, die so etwas wie eine Erzählung über die Geschichte des alten Zirkus werden soll, um dem Cirque Lunelli wieder auf die Beine zu helfen. Könntest du das nicht in deine Doku einbauen? Oder auch einen TV-Bericht darüber bringen?«, sagte ich.

Sie nickte. »Das mache ich sogar gern.«

37

Noch benommen vom Nachmittagsschlummer stolperte ich auf dem Weg ins Bad über meine Schuhe und stieß mit der großen Zehe an ein Tischbein. Nach Mittag war ich ins Zimmer gekommen, rasch aus den Schuhen geschlüpft und hatte sie nicht wie sonst ordentlich und parallel unter das Bett gestellt. Fluchend ließ ich mich wieder auf die Matratze nieder.

Und dann rief auch noch Mama an. Klar, ich musste nicht rangehen. Aber diesmal wollte ich es.

Sie machte sich wie immer Sorgen. Und, nachdem ich alles gehört hatte, auch ich. Sie hatte meine Wohnung aufschließen wollen und war vor verriegelter Tür gestanden. Das Schloss war ausgetauscht worden. Ein amtlicher Brief klebte auf dem Eingang. Delogierung wegen offener Mietforderungen. Ich hätte drei Wochen Zeit, fünftausend Euro zu bezahlen, sonst wäre ich delogiert.

Wieder wurde mir mein tragikomischer Alltagskampf deutlich.

»Soll ich den Betrag der Hausverwaltung überweisen?«, fragte sie.

Ich wollte sie nicht wieder meine Probleme lösen lassen und bat sie, mir den Brief per WhatsApp zu senden. Ich würde die fünftausend überweisen und Karl sich um den Rest kümmern. In einigen Wochen käme ich nach Wien, um meine Habe zu ordnen. Zu beruhigen war sie damit nicht, obwohl ich ihr versicherte, ich hätte Arbeit, hier, in Paris. Und Geld.

Ich dankte ihr und verabschiedete mich. Wie mich selbst

musste ich auch sie in ihr eigenes Leben zurückfallen lassen, mussten wir einander die Verantwortung zurückgeben, die wir über viele Jahre füreinander übernommen und uns damit bevormundet hatten. Zum zweiten Mal war ich in ein neues Leben gestolpert, das langsam Konturen gewann.

38

Neben mir lag eine dicke Mappe. Lose, aber nummerierte Blätter, mit Schreibmaschine beschrieben.

Die Zeit im Lager – 1940 bis 1945
Eine Autobiografie
von Louis Pichereau

Die könnte ich Céline bringen. Aber wir hatten noch kein weiteres Treffen vereinbart.

Ich sitze in Lens in meinem Zimmer. Seit einer Woche bin ich zurück. Maman päppelt mich auf. Langsam nehme ich wieder zu und meine Abszesse gehen zurück. Ich bin glücklich, hier zu sein, aber Erna fehlt mir. Werde ich sie wiedersehen können? Dorf und Lager sind jetzt in der Hand der Russen.

Ich zog das eine oder andere Blatt hervor. Sie würde später auswählen.

23. Oktober 1940

Heute kamen wir am Bahnhof an. Wir krochen aus den Viehwaggons und mussten uns in Reihen aufstellen. »Los, los!«, schrien die Boches. Auf dem Weg ins Lager wurden die geschwächten Männer mit Gewehrkolben traktiert, und wenn sie nicht weiterkonnten, geschlagen. Manche haben sie in einen Graben geschmissen. Ob sie erschlagen wurden oder verreckt sind, weiß ich nicht. Manchmal hörte ich einen Schrei. Das Lager ist in zwei Camps geteilt. A und B. Fünfzig Meter voneinander entfernt.

Dazwischen Stacheldraht. Die Todeszone. Hunderte nackte Männer, kahl geschoren, mit Entlausungspulver überstreut, standen in der Baracke der Krankenstation. Dann kamen wir unter die Duschen. Anfangs schliefen wir zu dritt auf zwei Strohmatratzen. Stroh in Jutesäcken.

27. November 1940

Jetzt schlafen wir in einem ein Meter langen und dreiviertel Meter breiten Holzbett. Die Strohmatratzen sind dieselben geblieben. Ein einziger Kübel in der Baracke für unsere Ausscheidungen. Wir müssen nach draußen in die Kälte, um den Kübel auszuleeren. Der Boden ist gefroren, manchmal regnet es. Musst du, frierst du dir die Füße ab und manch anderes. Pro Raum zwei Fünfundzwanzig-Watt-Glühbirnen. Alle zwei Monate eine heiße Dusche. Die Wäsche können wir nur im kalten Wasser waschen. Gegen Flöhe, Läuse und anderes Ungeziefer führen wir Krieg. Sie haben sich in den Bettdecken, Strohsäcken und Holzwänden eingenistet. Wir sind neunzigtausend lebendig Begrabene.

15. Januar 1941

Nach und nach werden alle dünner, sofern sie überlebt haben. Viele bekommen Haarausfall, sind krank, besonders die Russen. Stirbt einer, und es sterben jede Woche an die zweihundert, ziehen sich die Überlebenden die Mäntel der Leichen an und stecken sich mit ihren Krankheiten an. Die Boches lassen sie sterben. Die Russen sind die unterste Ebene. Wir Franzosen sind für sie noch Menschen. Die Russen sind nur »der Russ«. Zwei Russen wurden vor ein paar Tagen erschossen, weil sie unter dem Stacheldraht in Richtung Küchenbaracke gerobbt waren, um Essen zu finden. Wenn sie auch noch Juden sind, werden sie wegen jeder Kleinigkeit misshandelt oder sofort vor allen anderen umgebracht, erschossen oder erschlagen. Für die russischen Juden ist es die Vernichtung. Sie nennen es »Lager des Todes«. Armenier und Ukrainer werden etwas besser behandelt, die Nazis hoffen nach dem Sieg auf ihre Unterstützung, so wird erzählt.

Opa hat oft »Das ist ein Russ« gesagt. Über Vergewaltigungen durch die Russen hatte Oma nach dem Krieg geklagt. Nie etwas über die vielen Ermordeten.

5. August 1941

Gestern war Nachtappell. Liegestützen, aufspringen, nieder, aufspringen. Brach einer zusammen, mussten wir ihn aufheben. Oder man ließ ihn liegen. In den ersten Monaten war es noch halbwegs erträglich. Jetzt wird es schlimmer.

3. September 1941

Ich wurde zum Dienst bei einer Bauernfamilie eingeteilt.

Da muss Louis Oma kennengelernt haben.

Wir marschieren jeden Morgen in den Ort. Die Bewacher haben Hunde. Jeder von uns biegt mit einem Bewacher bei einem Haus ab. Ich glaube, jetzt wird es mir besser gehen. Manche Menschen sind nett und stecken mir heimlich Brot zu. Am Abend gebe ich einem Russen ein Stück vom Brot, das mir jemand heimlich zugesteckt hat, als die Scheinwerfer gerade vorbeigezogen sind. Manchmal werfe ich ein Stück über den Stacheldraht in die Zone, wo die Russen leben. Das Brot stecke ich in ein paar Socken, damit ich werfen kann. Sie nehmen das Brot heraus und werfen die Socken mit einem Stein darin wieder zurück. Aber es hat wenig Sinn, täglich fahren trotzdem Karren voller toter Russen aus dem Lager.

11. November 1941

Wenn ich auf dem Hof von Ernas Familie arbeite, bekomme ich Kaffee von ihr. Wir treffen uns heimlich im Stall, sobald der

Wachmann Pause macht oder fort ist. Ihre Eltern haben mich auch schon am Tisch mitessen lassen. »Wenn gemeinsam gearbeitet wird, dann wird auch gemeinsam gegessen«, hat ihr Vater gesagt. Er kam deshalb für ein paar Tage in den Arrest. Aber er hat es trotzdem immer wieder gemacht.

Das waren meine Urgroßeltern. Wie waren Oma und Louis einander nähergekommen, die Bewacher mussten doch in ihrer Nähe sein?

Niemand kann sie sehen. Sie sind allein. Leise kriechen sie auf der Leiter hinauf. Flüstern. Hinter dem Heuberg im Halbdunkel beugt sich Louis über Erna. Sie fährt mit den Fingern durch seine Stoppelfrisur. Sie sieht ihn in schwarzen Locken, wie auf dem brüchigen Foto. Er versinkt in ihrem Blick. Sie drücken die Münder aneinander, öffnen sie. Er küsst sie überallhin, wo kein Stoff ist. Seine Hand streicht über ihren Bauch. Ihre Hände berühren Kopf, Brust und Schenkel, wieder und wieder. Taucht ein Stöhnen auf, halten sie einander den Mund zu. Sie schließt die Augen. Was er ihr ins Ohr flüstert, versteht sie nicht, aber verstärkt, was bereits entfacht ist. Ernas Vater weiß es. Er schützt sie vor den Wachen. Dass Alois sie auch will, weiß er ebenso. Alois hat sich freiwillig zur Wache gemeldet. Er kontrolliert im Ort, wie weit die Anweisungen der Wehrmacht und die Gesetze des Reiches eingehalten werden. Erna und Louis halten sich an den Händen, was streng verboten war. Das fällt Alois auf. Er will Erna zur Frau, sobald der Krieg aus ist. Erna und Louis waren schon oft zusammen. Auch in Ernas Zimmer, nachdem die Wachsoldaten gegangen waren. Louis hat ihr Vertrauen gewonnen. Er darf seit Kurzem selbständig zurück ins Lager einrücken. Wie sehr sie sich doch lieben, ohne die jeweilige Sprache zu kennen. Louis hat wenige deutsche Worte gelernt, aber sie sind keine Worte der

Liebe. Er drückt sie fest an sich und malt sich aus, wie sie in Frankreich gemeinsam leben werden. Nach dem Krieg. Bald. Das Ende scheint nahe. Man sagt, die Russen sind nicht mehr weit. Sie streicht ihm über seinen kräftigen Rücken. Er muss bleiben. Für immer.

So könnte es doch gewesen sein, dachte ich.

3. Januar 1942

Täglich kommen neue Kolonnen zu uns ins Lager.

10. März 1942

Wir bleiben nur aus Gewohnheit am Leben. Der Gestank, das Fressen, die Krankheiten …

29. April 1942

Wir reden viel miteinander, Gaston und ich, auch mit anderen in der Baracke, in der Nacht, wenn wir nicht schlafen können, von den Eltern, den Freunden in der Heimat, erfinden Geschichten, kleine Nummern, in denen wir die Deutschen veräppeln, uns über die Nazis lustig machen. Wir können uns vor Lachen nicht halten, so laut, dass andere aufwachen. Manche lachen mit uns. Wir werden überleben, das haben wir beschlossen, und nach dem Krieg alles nachholen, Tanzen, vielleicht in einem Zirkus arbeiten, wir sind gute Akrobaten und ich kann Klarinette spielen. Das Leben erwartet uns.

18. Mai 1942

Wir standen in der Früh zum Morgenappell. »Wir gehen ab jetzt mit größter Schärfe vor«, brüllte der Kommandant. Wir hörten später von den Amerikanern, dass Hitler einen Erlass angeordnet hat. Straftaten von Zivilpersonen, die gegen die deutsche Wehrmacht erfolgen, werden nicht mehr durch ordentliche Verfahren vor Gerichten geahndet. Die Polizei, die SS und die Wehrmacht werden zu Mordkommandos. Ohne vorherigen Anruf dürfen sie Menschen sofort erschießen.

22. Juni 1942

Kameraden aus anderen Ländern trifft man nur im Krankenbereich. Außer Aspirin gibt es nur noch Kaolin, gleich welche Erkrankung. Es gibt nur noch einen Zahnarzt für alle. Wir bekommen kaum mehr Kartoffeln, die Wassersuppen mit Resten von Knochen, mit Blättern als Gewürzen, die wir vorher vom Boden aufklauben müssen, wenig Salz, selten Margarine, alles aufgekocht. Manchmal gibt es nicht einmal das. Ein Hund würde das nicht anrühren.

2. September 1942

Wir erzählen uns am Abend im Finstern von den im Stacheldraht hängen gebliebenen Bildern der Heimat, die uns die Bewacher täglich zu zerstören versuchen. In der Nacht malen wir uns aus, wie die Zukunft, die wir vielleicht nicht haben werden, aussehen wird.

24. September 1942

»Deutsche sind human«, so nennen die Deutschen ihr neues Heimkehrerprogramm. Human, welch ein Witz. Viele von uns hoffen, nach Hause zu kommen, und spielen ein böses Spiel, werden schwer krank, obwohl sie gesund wären, die meisten sterben dabei. »Lass sie zu Hause sterben«, war der Nazi-Spruch. Man musste unfähig geworden sein, zu gehen, laufen, marschieren, heben, graben, schwer tuberkulös sein, verkrüppelten Rheumatismus oder schwere Ruhr haben, mit Krankheiten und Versehrtheiten wochenlang in der Krankenstation herumliegen. Warum sie durchfüttern, wobei es sowieso kaum Essen gab, als Arbeitskräfte

waren sie unbrauchbar, und uns erschießen, wie die Russen und Juden, trauen sich die Deutschen wegen dem Roten Kreuz nicht. Jacques trinkt seit Tagen Tabak und raucht Aspirin, sein Herz spielt verrückt, er sammelt von uns Läuse, stinkt, hofft auf Entzündungen. Charles, ein Freund von Gaston und mir, schnitt sich an verschiedenen Stellen in die Haut und streute jeden Tag Salz und Säuren in die Wunden, dazu hat sich der Schmutz tief eingraben samt den Flöhen und Läusen, mitsamt den eitrigen Wunden und Fieber, wurde auch nach Hause geschickt. Ob er überlebt, wissen wir nicht.

24. November 1942

Immer wieder versuchen einige, in der Nacht zu fliehen. Die Suchscheinwerfer tasten jeden Winkel ab. Sie haben eine Technik entwickelt. Sie laufen von der Latrine zum ersten Zaun, verstecken sich, lassen den Scheinwerfer wieder vorbeiziehen, robben durch die Todeszonen, die so heißen, weil schon viele darin hängen geblieben sind und erschossen wurden, und schneiden ein Loch in den Zaun. Ist einem die Flucht gelungen, nimmt man uns in der kommenden Nacht die Schuhe ab und sperrt sie weg.

22. Januar 1943

Manchmal kommen österreichische Handwerker. Einer ist nett, bringt mir Zeitschriften mit. Er schimpft auf Hitler, hasst das Regime. Wir wurden Freunde. Er schmuggelt für mich vieles herein, nimmt Briefe und Postkarten mit hinaus. Bis er von den Wachleuten geschnappt wurde. Jetzt darf er nicht mehr ins Lager. Zum Glück habe ich ihn am Hof von Ernas Eltern wiedergetroffen. Nach und nach lerne ich auch andere Anti-Nazis kennen. Ich bin froh, dass es doch auch Widerstand gibt.

Könnten Georgs Großeltern gewesen sein. Oder seine Urgroßeltern. Oder meine.

16. März 1943

Heute kamen wieder Rot-Kreuz-Pakete. Einige haben uns die Wachleute weggenommen. Die Pakete sind unsere Rettung, aber die bekommen nur wir, die Engländer, die Amerikaner und noch einige. Nicht die Russen. Oft werden sie aber gestohlen, wie heute, auch von den Polizisten oder den Wachmannschaften.

11. Juni 1943

Den Amerikanern geht es besser, die haben Hausschuhe und Schokolade. Manche von uns sind wütend auf sie. Sie behandeln uns von oben herab.

Ich suchte Amerikaner in STALAG XVII A im Internet und fand STALAG ohne XVII A, nur *Stalag 17*, einen Film von Billy Wilder. Ich lud ihn herunter. Ich wollte ihn später ansehen.

7. September 1943

Ernas Vater hat uns fotografiert. Er hat mir seine Trachtenjacke geborgt, obwohl für das Fotografieren von Gefangenen und den Austausch von Fotografien sieben Monate Gefängnis drohen. Auch für wiederholtes Küssen mit einer Frau aus dem Ort (das fanden wir lustig!). Bei Liebesverhältnissen mit einer Frau, deren Mann im Feld ist, drohen sogar Zuchthaus oder KZ (das weniger).

Mein Urgroßvater! Ich war stolz auf ihn, auch wenn ich ihn nie kennengelernt hatte.

10. Oktober 1943

Der Kommandant ließ uns am Morgen im Hof aufstellen, um die Befreiung der Bretagne zu feiern. Der Führer hat den Bewohnern die Freiheit gegeben, sagte er, gemeinsam mit dem Propheten Göring. Ab da lief der Witz im Lager: Die Deutschen lernen jetzt selbst schwimmen, um England angreifen zu können.

21. Oktober 1943

Seit letzter Woche sind die Italiener da. Sie bekommen kaum zu essen, müssen aber am meisten schuften. Ich glaube, sie werden so schlecht behandelt, weil sie aus dem Krieg ausgestiegen sind. Die Deutschen zahlen es ihnen heim.

Für Opa waren die Italiener »die Katzelmacher«.

18. November 1943

Gestern ist eine Baracke abgebrannt. Wir rauchen alle. Zweihundert Gramm pro Tag erhalten wir. Ein Russe konnte das Schild »Rauchen verboten!« nicht lesen. Er hat in der Baracke geraucht. Ich kannte ihn. Einmal hat er seinen Ehering dem Koch gegeben für einen Teller Kartoffeln. Solch ein Hunger!

2. Februar 1944

Ernas Vater erzählte vom Kugelerlass: Sie ermorden ab sofort jeden Flüchtenden durch Genickschuss.

Im Dorf soll es die »Gnackschussbar« gegeben haben. Papa hat es einmal erzählt, wütend, wie man eine Bar neben dem Lager nach dem Genickschuss nennen konnte.

3. März 1944

Ernas Vater wurde schon vor einer Woche von der SS abgeholt. Er soll einen Hilfspolizisten bedroht haben. Bis heute ist er nicht wiedergekommen.

Lange hatte ich mich nicht bewegt. Kopf und Kreuz schmerzten, mein Unterkiefer zitterte. Wo hatten Louis und Gaston nur die Kraft zum Überleben hergehabt? Sie ließen zu, dass in der Hölle des Lagers noch ein Leben für sie vorhanden war. Eines, das auf sie wartete.

Trauer wollte ich nicht aufkommen lassen. Aber sie meldete sich. Kurz hielt ich den Atem an, dann brach sie aus. Ich legte einen Arm auf den Tisch, den Kopf darauf. Mich schüttelte es, als hätte ich starkes Fieber. Ich verstand mich nicht. Es war ja nicht mir geschehen, was ich da las. Gegen plötzliches Weinen bin ich machtlos, das passiert einfach. Auf dem Friedhof oder in Filmen, wobei es nicht einmal besondere Szenen sein mussten. Ein Vater streichelt dem Sohn über den Kopf, eine Mutter spielt mit ihrem Kind, zwei Menschen umarmen sich nach einem Streit.

Erschütterte mich die Trauer darüber, was Louis widerfahren war? Oder löste sein Schicksal eine Trauer über Papas missglücktes Leben aus, oder über mein eigenes Leben, über alles, was ich über die Jahre versäumt hatte? Mit einem Taschentuch wischte ich mir die Tränen aus dem Gesicht, sprang auf, mehrmals in die Höhe, um mich zu erwärmen, hüpfte, um zurück in der Welt zu landen. Dann ordnete ich die losen Blätter, verstaute sie in der Mappe, nahm mein Telefon zur Hand und wählte.

Langes Läuten. Die Mailbox meldete sich. Ich schlug Céline vor, ihr gleich am nächsten Tag erste Unterlagen zu bringen.

»Kann gerade nicht sprechen. Melde mich morgen«, war die Antwort auf meinem Display.

39

So lange geschlafen hatte ich schon lange nicht mehr. Ich sah, dass drei Anrufe eingegangen waren. Einer von Gaston. Einer von Céline. Einer eines langjährigen Kunden.

Nachdem ich geduscht und meine Körperpflege erledigt hatte, rief ich Céline an. Ich hätte eine dicke Mappe gefunden, sagte ich, in der vieles aus der Zeit der Gefangenschaft zu finden sei: Fotos, Briefe, Notizen. Auch meine Großmutter, die Erna-Oma, komme darin vor. Die Liebe zwischen ihr und Louis.

Céline schlug ein Treffen für den Abend vor. Vergnügt drückte ich auf die Telefonnummer des Kunden. Er bot mir an, einen Text für einen Katalog zur Ausstellung »Die bedrohte Zukunft der Demokratie« zu verfassen. Historikerinnen hätten ihre Texte bereits abgeliefert, die Einführung der Kuratoren der Ausstellung, einige Erklärungen und die Beschreibungen der Bilder fehlten noch. Es sei dringend, meinte er. Der Auftrag war verlockend. Anspruchsvoller und komplexer als Werbungen für Reisebüros oder Waschmittel. Ich bedankte mich und versprach die Abgabe bis in einer Woche. Er gab mir maximal fünf Tage.

Dann leuchtete »Gaston« auf. Wann ich die Kiste abholen komme? Louis' Zimmer musste geräumt werden. Eine neue Bewohnerin war angekündigt (würde ich nun die Kiste über die schmale Treppe in mein Hotelzimmer schleppen müssen?).

Ich fühlte mich gestresst. Meine Tage in Wien waren im Vergleich ruhig gewesen. Hier musste alles gleichzeitig erledigt werden. Unterlagen für Céline suchen, sortieren, Texte für die Ausstellung verfassen, für Mignonne eine Lösung finden, jetzt auch noch die Kiste. Ich könnte sie in dem leeren Zirkuswagen lagern, in dem sich Gaston geschminkt hatte. Ihn mieten, bis ich eine andere Lösung gefunden hatte?

Ich vertröstete ihn, ich würde mich später melden.

40

Von Weitem sah ich den Kraftakrobaten mit Monique vor dem Wagen stehen. Das helle Licht blendete. Meine Sonnenbrille aufgesetzt, winkte ich. Erst jetzt bemerkte ich den zähnefletschenden Tiger auf der Holzwand.

»Philip! Zieht es dich zu Mignonne? Hast du schon eine Idee, was du mit ihr machst? Bei uns bleiben und mit ihr auftreten?«

Dabei lachte sie.

»Auftreten? Nein. Aber ich wollte fragen, ob ich den Wagen mieten könnte. Nur vorübergehend. Ich brauche einen sicheren Platz für Louis' Kiste.«

»Ja, er steht ohnehin zum Verkauf. Auch den wollen wir loswerden. Die Besitzerin ist weggezogen und hat ihn hiergelassen. Er war für einen neuen Akrobaten oder einen Clown gedacht. Aber nachdem sich bis jetzt keiner gemeldet hat, muss er weg.«

Der Kraftakrobat bot sofort an, die Kiste aus dem Künstlerheim abzuholen. Sein Gesicht schien sich bei der Idee zu erhellen (ich hatte die Sonnenbrille wieder abgenommen), endlich hätte er einen Grund, so sagte er, einen der Lastwagen lenken zu können. Lange waren sie schon auf keiner Tournee mehr gewesen.

»So groß ist die Kiste auch wieder nicht!«, erklärte ich und setzte die Brille wieder auf.

Er lief zum Wagenpark.

Für die Abfahrt bereit standen Lastwagen, Kleinbusse und

Anhänger sauber aufgereiht und geputzt nebeneinander. Nach einigen Startversuchen, begleitet von Knattern und schwarzem Rauch, sprang der Kleinbus an. Monique hatte inzwischen den anderen erzählt, dass sie jetzt zu Gaston fahren würden, Louis' Kiste abzuholen. Nun begann ein Streit. Wer darf mitfahren? Wer trägt die Kiste? Wer lenkt den Bus?

»Abfahrt um eins«, rief der Kraftakrobat laut über das Gelände.

Ich kündigte uns bei Gaston für halb zwei an.

»Aber fahr nicht gleich wieder ab«, bat er.

Was hatte er noch zu besprechen? Tat es ihm leid, sich von Louis' Vergangenheit, die sich in der Kiste befand, zu verabschieden? Er musste sie doch im Kopf haben.

Gaston bestätigte die Uhrzeit.

»Bitte ohne Mittagessen«, sagte ich darauf, während ich zusah, wie der Bus gewaschen wurde, obwohl er sauber war.

Ich lief in Richtung Zelt. Die Sonnenbrille abgenommen (Pferde als Fluchttiere sollten die Augen der Menschen sehen können), begrüßte ich Mignonne, gab ihr frische Karotten, die ich am Morgen in einem arabischen Supermarkt neben dem Hotel gekauft hatte, wischte ihr Stroh vom Fell und putzte ihre Hufe aus.

Gaston saß auf Louis' Bett, der leere Stuhl vor ihm. Vor dem Eintreten klopfte ich an die geöffnete Tür des Zimmers ohne Nummer. Hinter mir drängten die Artistinnen in den beinahe leeren Raum, verbeugten sich vor Gaston, zogen den Hut, nahmen ihre Kappen ab. Einer nach dem anderen umarmten sie den alten Herrn.

Ich deutete auf die Kiste.

Wir kennen sie, meinte einer der Trapezkünstler. Er versuchte, sie zu heben, sein Freund wollte unter sie kriechen, sie mit dem Rücken hochdrücken. Nach einer kurzen Diskussion formierten sich vier von ihnen. Wie eine Gruppe von Sargträgern stemmten sie die Kiste auf gemeinsames Kommando hin auf ihre Schultern. Mit den Lippen einen Trauermarsch blasend, wurde sie aus dem Raum getragen.

Gaston bat mich, Platz zu nehmen. Auch wenn ich inzwischen wusste, dass die Furcht dem Opa Muzak gehörte, fürchtete ich eine Zurechtweisung. Schlimme Ereignisse bewahrt der Körper auf. Wie oft hatte es sie mit dem Opa gegeben, wenn Papa nicht im Haus war. Oft wusste ich nicht, was ich angestellt haben sollte. Je älter ich wurde, desto klarer war mir geworden: Es war nichts gewesen. Nicht alles aufgegessen, die Nachbarn nicht gegrüßt, widersprochen oder mit Kindern gespielt, mit denen man nicht spielte.

Gaston übergab mir feierlich das große Plakat, das in Louis' Zimmer an der Wand gehangen war, den Stock, der an dem Stuhl gelehnt war. Und eine kleine Schachtel.

»Darin ist Louis' Clownsnase.«

Ich überspielte die Tränen mit einem Lächeln (diesmal gelang es).

Waren es Tränen der Dankbarkeit? Traurig war ich nicht, nur berührt von den vielen Geschenken, die mir zuteilwurden: die Aufnahme im Zirkus, der Schminkkasten, der Stock, das Plakat, Célines Auftrag, Mignonne, die alten Artistinnen im Heim, Gaston. Die Clownsnase war die Spitze des Eisbergs.

Jetzt musste ich etwas daraus machen.

Der voll besetzte Bus, beklebt mit Cirque-Lunelli-Plakaten, wartete im Park. Wir kurvten zur Ausfahrt, vorbei an alten Menschen und Christrosen. Gaston sah uns vom Fenster aus nach. Die Maison des Artistes verschwand aus meinem Blick. Ich fand mich mit der Kiste im fahrenden Zirkus. Wie auf einer Tournee.

41

»Wie hast du so rasch einen Platz bekommen? Ich habe gelesen, Normalsterbliche müssen Wochen vorher reservieren.«

»Kennst du hier wen?«

»Nein, nicht mehr.«

Sie sah mich lächelnd an.

Ob sie etwas mit dem Besitzer oder einem der Kellner gehabt hatte, konnte ich sie nicht fragen. Während der Ehe mit Georg, nach seinem Tod, während ich mit ihr zusammen war? Oder war der Besitzer nur ein gewöhnlicher Freund?

Céline unterbrach meine verschrobenen Gedanken.

»Ich kannte die Besitzerin. Sie hat das Lokal erst vor Kurzem verkauft und lebt im Süden mit ihrem Mann.«

Ich atmete aus. Eine Flasche Rhône blanc wurde gebracht.

»Bist du in Wien mit jemandem zusammen?«, fragte sie.

Endlich war sie mehr an mir interessiert als an Louis' Leben.

»Ich war sogar verheiratet. Jeder Mann muss einmal geschieden sein.«

So hatte ich mir mein Scheitern zurechtgeschnitzt, die Enttäuschung in Stolz umgemünzt. Eine lange Ehe gilt als seriös. Gleich wie sie gelebt wird. Mit ihr ist man ein ordentliches Mitglied der Gesellschaft, auch wenn die Beziehung zur Fassade verkommen war.

»Wie lange?«

»Auf dem Papier vier Jahre, in Realität zwei.«

»Das ist länger als die meiner Freundin Jeanne. Sie war nach einem halben Jahr geschieden.«

Céline trank das Glas leer. Ich zog die Weinflasche aus dem Kühler, um nachzuschenken. Sie lehnte ab. Ich goss mein Glas voll.

»Das war bei deiner Freundin wohl nur einvernehmlich möglich. Bei mir wurde die Scheidung zu einem Rosenkrieg, aus dem ich wenig erfolgreich herausgekommen bin«, sagte ich.

»Und sonst, Freundinnen?«

»Ja, mehrere Versuche. Die letzten drei Jahre war ich allein, und das war gar nicht schlecht. Und du?«

»Ich habe gearbeitet, war nebenbei eine brave Ehefrau und Mutter. Die erste Zeit war schön, auch wenn ... sprechen wir ein anderes Mal darüber. Hast du die Unterlagen?«

Irritiert, dass sie unsere intimen Erzählungen stoppte, zog ich die Mappe aus meinem Rucksack hervor und legte sie auf den Tisch.

»Eine Frage, die ich im Film behandeln will, ist: Wie hat Louis das Lager überlebt, wodurch überwunden?«, sagte sie.

»An die fünfzehntausend Gefangene sollen dort umgekommen sein. Verhungert. Erschossen. Aus Schwäche gestorben.«

»Wahnsinn.«

Ich öffnete das Tagebuch.

»Den Franzosen soll es etwas besser als den Sowjets gegangen sein, die Slawen waren ganz unten in der Lagerhierarchie, schreibt Louis. Oben waren die Amerikaner. Die Franzosen in der Mitte. Er hat sie als Pyramide gezeichnet.«

Sie blätterte im Büchlein.

»Durfte man damals so etwas überhaupt schreiben?«

»Er muss es heimlich getan haben. Hier, siehst du. Manches hat Louis erst nach seiner Rückkehr verfasst. Die Zeiten, die Sprache, die Schrift. Die Gefangenen haben Tricks erfunden, um zu schreiben, zu schmuggeln, zu flüchten, erzählt er darin. Sie haben sich Zeichen ausgemacht, um die Wachen zu überlisten. Ein- und Ausdrehen von Glühbirnen, Fummeln an Schnürsenkeln oder Umblättern in einem Buch waren solche, um die Wachen anzukündigen. Sie hatten Tunnel gegraben, die Wachen mit Waren wie Schokolade, Kaffee oder Seife bestochen, die sie vom Roten Kreuz bekommen haben, um in den Besitz von Reisepässen oder Kameras zu kommen.«

Meine Fantasie spulte einen Film ab, Louis in der Hauptrolle, dem es immer wieder gelang, die Bewacher auszutricksen.

»Gibt es auch Fotos aus dem Lager?«

Mehrere. Und viele warteten noch in der Kiste. Einige Fotos legte ich nebeneinander auf.

»Schon eigenartig, dass er nach dem Krieg in Frankreich geblieben ist, Artist und später Clown geworden ist und sich nicht um deinen Vater gekümmert hat.«

Schnell hob ich die Flasche aus dem Kühler und schenkte ein, bevor sie ablehnen konnte.

»Louis musste fort, um Erna zu schützen. Liebschaften mit Kriegsgefangenen wurden schwer bestraft, manchmal sogar mit KZ bedroht«, verteidigte ich ihn.

»Wenigstens nach dem Krieg hätte er um sie und seinen Sohn kämpfen können.«

»Angeblich hat er es versucht. Wir werden niemals mehr die ganze Wahrheit erfahren. Wahrheit war damals und besonders bei uns im Dorf kein Gut.«

»Wahrscheinlich ist Louis vor einer unbekannten Zukunft geflohen. Wie du.«

»Papa hat damals meine Unterstützung gebraucht«, verteidigte ich mich. »Und Mama.«

»Deine Eltern hätten ihr Leben doch allein schaffen müssen.«

»Immer kann man es sich eben nicht aussuchen.«

Céline lachte laut auf, sagte: »So ein Quatsch.«

Mir war sofort klar, dass ich einen altbekannten Satz von Oma hervorgeholt hatte. Sie war es, die es sich nicht aussuchen hatte können, nicht ich! Genervt lehnte ich mich zurück. Mit einem Fuß hing ich noch immer in der Vergangenheit, mit dem anderen stand ich schon in der Gegenwart.

»Weil sich dein Vater umgebracht hat?«

»Was hast du gesagt?«

»Du hattest es doch damals vermutet.«

Jetzt dämmerte es wieder. Ja. Ich hatte es vermutet, aber gleich wieder weggeschoben. Die Polizei vermerkte weder irgendwelche Gebrechen am Auto noch Bremsspuren. Sein Unfall wurde nicht weiterverfolgt. Im Ort und zu Hause hieß es immer nur Autounfall. Punktum. Die Gefahr hätte ich ahnen müssen. Er war oft gut drauf. Zu gut. Nicht zu bremsen. Tausend Ideen und kaum eine, die gelang. Hatte alle begeistert. Nur Mama nicht. Und Opa. Zeitweise wurde er ruhig. Zu ruhig. Zog sich zurück. Wohin, wusste ich nicht. Die Vorhänge verschlossen.

Ich ordnete schweigend die Fotos auf einen kleinen Stoß, die Blätter übereinander, legte sie zurück in die Mappe und schob sie Céline zu.

Es nieselte. Sie rief nach einem Taxi. Ich wartete auf ein Zeichen. Kämen wir einander näher oder musste ich wieder einsam in die Nacht?

»Beim nächsten Mal treffen wir uns bei mir«, sagte sie.

Drei Küsse auf die Wangen. Kein Zögern mehr ihrerseits. Sie stieg ins Auto. Ich nahm die Metro.

42

Am Tisch saßen alle.

»Also: Du willst wirklich bei uns wohnen?«, fragte Monique, »und Mitglied unserer kleinen Truppe werden?»

Kein Lächeln in ihrem Gesicht. Ich gehörte doch schon zu ihnen, nicht nur, weil ich der Enkel von Louis war. Oder?

Ich nickte.

»Gratuliere!«, sagte der Kraftakrobat.

Ich wunderte mich, wie zart der muskelbepackte Mann meine Hand geschüttelt hatte. Monique stieß ihn in die Seite: »Wir haben aber nur einen alten Käfig und den alten Zirkuswagen. Du bist vermutlich Besseres gewohnt.«

Zufrieden nickte ich wieder.

»Beides hat unserer Dompteurin gehört«, sagte der Kraftakrobat, »Carla musste die Dressuren aufgegeben, die Tiger verkaufen und betreibt jetzt mit ihrem Mann eine Katzenpension in Rouen.«

»Die Wagen sind aber nicht mehr fahrbereit«, warnte mich Monique.

Ich hatte nicht vor, mit ihm zu verreisen!

»Die Achsen und Bremsen sind kaputt, deshalb ist der Wagen nicht teuer. Der kleine Ofen funktioniert noch, der Stromanschluss ist okay, im Bad musst du etwas machen lassen. Mit vierhundert Euro wäre Carla zufrieden. Der Käfig zweihundert, wenn du beides nimmst: fünfhundert.«

»Gut«, sagte ich.

Jetzt überboten sie sich wieder mit Hilfsangeboten. Den Wagen und den Käfigwagen reparieren. Bett, Tisch, Stühle, Geschirr bekäme ich von den beiden Trapezkünstlern, sie hätten vor Kurzem geheiratet und nun alles doppelt. Und wenn ich sonst noch etwas benötigte, müsste ich es ihnen sagen.

Monique bat mich ins Freie, um die Wagen zu besichtigen. Ich stieg in den Käfigwagen und rüttelte an den Eisenstäben. Platz fände Mignonne hier genug. Der Wagen lag tief, war somit für sie zum Ein- und Aussteigen geeignet. Anstelle der Gitter konnte man eine Holzwand mit einem großen Fenster bauen. Pferde wollen wissen, was draußen vorgeht.

»Gras gibt es auch ein wenig. Aber die meisten Plätze, die uns angeboten werden, sind zugepflastert«, sagte sie.

Ich blickte auf den staubigen Boden, auf dem da und dort einige Grasbüschel wuchsen.

Das einst rot gestrichene Holz des Wohnwagens war grau geworden. Ein Plakat: *Carla Moneta – Moscow 2002* hing an der Wand.

Fünfhundert einmalig. Dann monatlich Strom, Heizung und Futter für Mignonne. Worauf wartete ich? Dass wieder etwas passierte? Ein Desaster, eine Katastrophe, die mich in Bewegung brachte, eine Niederlage? Von außen hereinbrechend? Vom Schicksal? Deus ex Machina? Tage und Geld schmolzen dahin. Langsam, stetig. Der Wagen war bewohnbar, ein wenig Geld würde mir bleiben, ein neuer Auftrag war hereingekommen und für Célines Film kam auch Geld ins Haus. Nur die Afrikaplakate und den ausgestopften Löwenkopf müsste ich von den Wänden nehmen, das Plakat von Louis wollte ich stattdessen aufhängen, Carlas Moscow-Plakat hängen lassen.

Ich überlegte nicht weiter und kaufte beides. Meine Wohnung in Wien war vielleicht nicht mehr die meine.

43

Ich hatte den Zirkuswagen bezogen und die Fenster aufgerissen. Die Luft frischte den Innenraum auf. Er war zu meinem neuen Zuhause geworden. Die Texte und Bildbeschriftungen zur Ausstellung hatte ich gegen Mitternacht abgeschickt. Gerade noch pünktlich. Der Kunde schien zufrieden, weil außer Danke, passt sehr gut am nächsten Tag keinerlei Korrekturwünsche nachkamen, sondern bald darauf das Druck-PDF zur nochmaligen Durchsicht in meinem E-Mail-Postfach lag.

Reiß keine Gräben auf, hörte ich, während ich tiefer in der Kiste wühlte. Das Terrain war kontaminiert. Vergangenes sollte nicht hochschwappen. Man hatte bei uns ständig Angst gehabt, etwas aus dem Hinterzimmer könnte auftauchen. Die Trübung hatte auch Mamas Welt reduziert. Sie hatte sich an Bekanntem festgehalten. Und das war ich. Und ich an ihr.

Ich zog eine Pistole aus der Kiste und drückte den Abzug. Das Rohr öffnete sich. Ein Tuch rollte sich aus dem Lauf und hing herunter. BANG, stand darauf geschrieben.

Ich wühlte weiter.

Ein Gummihuhn.

Eine Glaskugel mit dem Riesenrad.

Ein Orden. *Chevalier des Arts et des Lettres.*

Eine Clownpuppe.

Ein Paar halb kaputte Schuhe, in einem Sack eingewickelt. (DIE Schuhe?). Auch sie fotografierte ich für Céline.

Eine Statue. *Le Clown d'Or – Monte Carlo.*

Eine Blechtasse, auf dem Henkel ein Zettel: *mein Becher aus dem Lager.*

Ein Bild. Männer hinter Stacheldraht lächeln in die Kamera (das musste gestellt worden sein!)

Lagerplan Stalag XVII A.

Ein Foto. Sieben Männer in unterschiedlichen Jacken und Mänteln (Uniformen von verschiedenen Nationen?). Einer mit Fez auf dem Kopf. Schmutzige Schuhe. Sie lächeln (wieder ein gestelltes Foto!).

Ein Stück Stacheldraht, in Papier gewickelt.

Eine Zeichnung mit Wegen und Pfeilen – für Fluchtversuche?

Ein Löffel und eine Blechschüssel.

Louis mit Klarinette (ich glaubte, ein Lächeln zu sehen).

Eine Postkarte aus Lens.

Ich breitete meine Funde aus und legte mich neben sie auf den Fußboden. Die Augen geschlossen, flogen die Objekte vorbei, schoben und verschoben sich, ordneten sich um, spielten Rollen in Célines Film.

44

Céline hatte sich mit mir für den nächsten Tag verabredet. Dokumente verstreuten sich über den Tisch. An den Wänden hingen Fotos von Louis, von berühmten Menschen und Orten. LOUIS – LE CLOWN AU CIRQUE MÉDRANO, prangte über der fensterlosen Wand. Louis' Clownsnase pendelte, vom Luftzug bewegt, daneben. Auf kleinen Zetteln hatte ich Notizen für Célines Dokumentarfilm handschriftlich festgehalten:

Der Clown spielt nicht, schlüpft in keine Rolle wie ein Schauspieler, er spielt immer aus sich selbst heraus, aus seiner Existenz.

Er erinnert uns, dass ein poetischer Lebensentwurf der einzig sinnvolle ist.

Der Clown ist der letzte Humanist.

Was ich ihr sonst noch liefern sollte, wusste ich noch nicht. Auf dem Bett und in der Kiste lagerten noch haufenweise Dokumente, Objekte, Fotos, die ich noch nicht gesichtet hatte. Ich blätterte im schwarzen Heft, begann, Texte abzuschreiben.

Der Muzak hat Erna gedroht, sie anzuzeigen, wenn sie weiter mit mir zusammenbleibt. Er war Hilfspolizist bei den Nazis, er hat uns erwischt. Er wollte Erna zur Frau haben. Um sie zu schützen, musste ich weg. Dass sie schwanger war, erfuhr ich erst später. Sie wollte das Kind unbedingt bekommen. Wären unsere Beziehung und die Schwangerschaft aufgeflogen, wäre sie sogar noch in den letzten Tagen ins KZ gekommen. Schließlich musste sie ihn heiraten. Nur durch ihr Stillhalten konnte sie sich und ihr Kind im Bauch schützen. Das hat der Muzak ausgenützt.

Irgendwann nach meiner Heimkehr haben sie geheiratet. Aber nur wir haben uns geliebt.

Der Muzak, mein Opa, hatte Omas Situation ausgenutzt und sie erpresst! Zu privat für den Film. Ich schlug mehrmals auf den Tisch. Die Blätter flogen auf.

»Scheiße, Scheiße, Scheiße!«, schrie ich.

Scheiße sagen war zu Hause verboten, und Opa stellte mich zur Rede, wenn es mir herausgerutscht war. Jetzt hätte ich zu gerne die Zurechtweisung, vor der ich Angst gehabt hatte, umgedreht. Nicht ich würde Rede und Antwort stehen müssen, sondern der Muzak. Opa wollte ich zu ihm nicht mehr sagen. Ich wünschte mir eine Aussprache mit ihm, um ihn anzuschreien, ihn zu schlagen. Ich fluchte, trat mit dem Fuß gegen die Wand.

Als es klopfte, schämte ich mich. Monique fragte, was geschehen sei, mein Brüllen hätten sie bis ins Zelt gehört.

Ich sei auf etwas gestoßen, das ich mir nicht einmal vorstellen hatte können. Es betreffe nicht sie. Niemanden hier. Nur meinen Großvater.

Monique sah mich lange an.

»Was hat Louis denn angestellt?«

»Nicht Louis, der andere!«

Sie hob die heruntergefallenen Papiere auf, legte sie auf den Tisch.

»Du meldest dich, wenn du was brauchst, ja?«

Mir tat die Erna-Oma leid. Und Louis. Aber warum war er trotz allem nie zurückgekommen, hatte den Muzak rausgeschmissen, in die Wüste geschickt, alles aufgedeckt und Oma geheiratet? Dann stieß ich wieder darauf.

Ich war einmal im Jahr dort …

Im Dorf?

… für eine Woche. Nur Erna wusste das. Ich schlief im Nachbarort im Gasthaus. Ich beobachtete von Weitem die Schule, ob Jules herauskam. Ich lief auch beim Hof vorbei, in der Hoffnung, ihn sehen zu können. Einmal habe ich ihn mit dem Muzak im Ort gesehen, mit einem Pferd, das einen Tankwagen hinter sich herzog, Blumen gießen.

Warum hat Oma mitgespielt und sich nicht scheiden lassen?

Einmal haben sie mir im Gasthaus gesagt, dass Erna gestorben sei und dass Jules geheiratet und einen Sohn bekommen habe.

45

Ich machte den Fernseher an, betrachtete die abstehende Antenne. Er musste aus den achtziger Jahren stammen. Nach mehrfachem Drehen an den Knöpfen begannen sich Bilder zu formieren. Ein französischer Film. Nicht »Jules et Jim« (es war »Le départ« von einem polnischen Regisseur). Aber ich dachte an ihn. An uns. Wir waren sie. Ich: Jules, Georg: Jim. So hatten wir einander gerufen, liebten beide dieselbe Frau. Louis' Vermächtnis hatte mich berührt, die Nachricht über den Tod meines Freundes mich bedrückt, ohne dass ich es gleich bemerkt hätte. Georg tauschte in meinem Kopfkino mit Oskar Werner seinen Körper und starb auf dem Boden des Narrenschiffs einen der schönsten Tode der Filmgeschichte. Herzinfarkt. Er wäre jetzt neunundvierzig, wie ich. Auch er lag auf dem Friedhof Père Lachaise. Wo genau, wusste ich nicht. Céline wollte ich nicht fragen.

Du hast ihn noch immer nicht besucht.

Ich klopfte an der Tür des Portierhäuschens. Die Wärterin half, suchte Georgs Grab im Computer (war hier plötzlich die neue Zeit eingezogen?) und druckte die Wegbeschreibung aus. Wieder kam ich an berühmten Gräbern vorbei, fotografierte. Ein dumpfes Glockenläuten. Ein mit Kränzen bedeckter Sarg, rumpelnd auf einem Holzwagen. Zwei Stunden hatte ich noch bis zum Schließen des Friedhofs. Bei Sophie Germain war der Akku meines Telefons leer. Der Baum, der aus der Mitte des Grabes herauswuchs, wäre ein schönes Motiv gewesen.

Wenige Schritte weiter setzte ich mich.

Verdeckt von einem Strauch: Georges Wuhrer. Das Gold der Schrift glänzte noch immer.

Blumen hatte ich noch am Eingang des Friedhofs gekauft, aus den vorgefertigten Bouquets das farbenprächtigste ausgesucht. Ich zog eine Rose aus dem Strauß und legte sie samt dem bunten Rest auf die Grabplatte.

Eine Rose ist eine Rose ist eine Rose … geborgte Sprüche von einst. Ich sah mich lachen über unsere damalige Überheblichkeit. »Löse dich von den Traditionen, wie lange willst du sie noch befolgen?«, hatte Georg großkotzig, wie wir nun mal waren, verkündet und mich erfolglos angeregt, mir selbst zu vertrauen. Sätze, die wir aufgesogen, deren Bedeutung wir nicht wirklich verstanden, mit denen wir andere belehren wollten. »Nur das Leben hat Wert, nicht das Gelebthaben« und dergleichen …

Schorschi! Hast du dich von deinen Gewohnheiten befreit? Oder dich – als Georges – auch nicht von der Vergangenheit gelöst.

Ich hatte mit ihm zu diskutieren begonnen, wie einst in unserem Café.

Weißt du, ob Céline schon einen Neuen hat, oder gehört sie zu den Witwen, die ihrem verstorbenen Mann in den Tod folgen? War sie verzweifelt an deinem Grab? Der Buddhismus sagt, die Seele der Verstorbenen braucht mehrere Tage, um den Leichnam zu verlassen. Man sollte die Toten nicht mit eigenen Gefühlen festhalten. Wie lange hast du gebraucht, um in dein geliebtes Weltall abzuheben?

Ich saß auf der Einfassung des gegenüberliegenden Grabes. Georg hörte mir zu. Wir verstanden einander.

Wie hast du kurz vor deinem Tod ausgesehen? Erinnerst du dich an Max? Kurz vor seinem Tod habe ich ihn noch besucht.

Vor mir stand ein eingefallenes weißes Gesicht mit einem zerknüllten grünen Schirmkäppchen auf dem Kopf, die langen Haare, weiß geworden, hingen in Strähnen herunter. Wir hätten ihn früher für einen zu schnell gealterten, bekifften Rockmusiker gehalten. Das Gerät, das über Schläuche den Sauerstoff in seine Nase pumpte, folgte ihm. Beim Hinsetzen wollte er sich nicht helfen lassen, wie alle, die früher unversehrt gewesen waren und sich an den neuen Zustand noch nicht gewöhnt hatten. Wolltest du dir auch nicht helfen lassen? Max erzählte von seiner letzten Operation, es waren viele gewesen, und weinte. Wir hatten ihn nie weinen sehen, oder? Er war der Wildeste von uns allen gewesen und hatte noch viele Pläne, die nie aufgegangen waren.

Meine Uhr leuchtete in der Dunkelheit.

Kurz nach sieben.

Hatte ich die Trillerpfeifen der Friedhofswärter überhört, die jeden Abend zum Verlassen schrillten? Oder gab es sie nicht mehr? Ich suchte den Ausgang. Die römischen Ziffern der Grabreihen verwirrten mich. Ich lief zum Haupttor, klopfte an den Eingang des Wärterhäuschens, versuchte, die Tür zu öffnen. Verschlossen. Auch die Wärterin war nicht zu sehen. Ich holte mein Mobiltelefon aus der Tasche, obwohl ich wusste, dass es keinen Akku mehr hatte, sah durch ein Gittertor auf den Vorplatz. Autos fuhren in Zeitlupe. Ein 2CV. Ein Peugeot 404. Schwarze Taxis. Wenige Menschen stiegen an einer Haltestelle in dunkelgrüne Busse. Ich lief zu einem der Seiteneingänge. Auch dieser Ausgang versperrt. Suchte weiter nach einer zu erklimmenden Stelle an der Mauer, versuchte am schmiedeeisernen Tor hinaufzuklettern, früher hätte ich es noch geschafft, lief zurück, das Licht, das die Stadt verstreute, verteilte sich zwischen den Grabsteinen und Mausoleen, Tiere schlichen, sausten zwischen den Gräbern, eine Maus, ein Frettchen. Geräusche von oben, Rascheln zwischen den Steinen, über den Hügel an das andere Ende des Friedhofs, ich schwitzte, setzte mich und las eine Inschrift:

Gott empfange meine dankbare Seele für so viel Gutes, für so viele arbeitsreiche Jahre, für so viel Freundschaft. *

Mein Blick landete auf einem angelehnten Holztor. Zügig mischte ich mich in den lärmenden Autoverkehr.

Im Hotel angekommen wünschte mir der Portier eine gute Nacht. Man hätte auch einen Roboter an seinen Platz stellen können.

* Que Dieu reçoive mon âme reconnaissante de tant de bien, de tant d'années laborieuses, de tant d'amitié!

46

Céline verlangte nach mehr Texten. Aber ich hatte keine Lust, noch tiefer in der Vergangenheit zu versinken. Ich zog die Puppe aus der Kiste, bewegte sie. Der Clown verbeugte sich, hoppelte einige Schritte über den Tisch. Ich ließ ihn stolpern und schnell wieder aufspringen.

Ich bin zwar nicht mehr so fit wie früher, aber doch noch ganz gut in Form, dachte ich. Sollte ich doch ein Entrée einüben? Und mit Mignonne auftreten? Einen Clown spielen konnte ich nicht. Nicht spielen, hatte Gaston gesagt. Ein Clown war man oder nicht.

Im Fasching hatte ich mich als Kind als Cowboy, Straßenbahnschaffner und Schuster verkleidet. Einmal als Clown. Oma hatte mir ein Kostüm mit farbigen Punkten geschneidert, Papa mir seine abgetragenen Schuhe geborgt und ein altes Sakko.

Ich verwarf den Gedanken wieder. Schon die Vorstellung, aufzutreten, ließ mich schwitzen. In der Schule war mir heiß geworden, wenn ich ein Referat vor der Klasse halten musste. Im Gesangsunterricht hatte mich der Lehrer ausgeschlossen, weil mir die Stimme vor Angst weggeblieben war. Als Ministrant fürchtete ich den Moment der Wandlung. Minuten vorher war ich bereits nervös gewesen. Klingeling. Habe ich den richtigen Zeitpunkt erwischt? Nicht zu viel, zu wenig, zu fest, zu zaghaft gebimmelt?

Die Clownspuppe lag flach auf der Tischplatte. Als ich sie so wie eine Leiche daliegen sah, ließ ich sie erwachen. Jetzt war ich derjenige, der den Zeitpunkt bestimmte, ob sie lebte oder untätig daliegen musste. Sie tat, was ich wollte. Ich lief in meinem Zirkuswagen hin und her, imitierte ihre Bewegungen. Dann nahm ich Louis' Clownsnase von der Wand und versuchte, sie über meine Nase zu stülpen. Sie wehrte sich. Zu groß war die kleine Maske für mich. Wie Louis konnte ich niemals werden. Ich hängte sie zurück an die Wand und setzte die Plastiknase auf, die ich in einem Kostümgeschäft gefunden hatte. Probieren geht über studieren, hatte mir die Oma geraten, wollte ich mal Neues versuchen. Nur einmal eine Nummer. Nur eine kleine Nummer. Ich lehre Sie, wie die Komik des Clowns wirklich funktioniert, hatte Gaston versprochen. Nur so dahingesagt oder meinte er es wirklich? Übergroße Kleidungsstücke könnte ich auf dem Marché aux Puces finden.

Ich wählte Gastons Nummer, ließ es zweimal klingeln und legte auf. Das gehörte sich nicht. Ob es sich gehörte oder nicht, sollte dir gleich sein, Philip. Du würdest niemals einen guten Clown abgeben, deine Späßchen haben nur deine Freunde witzig gefunden.

Ich stellte das Telefon auf leise. Nicht abheben. Gaston hatte sicher meinen Anruf registriert und würde zurückrufen.

Das Display leuchtete, Gastons Nummer.

Schließlich nahm ich doch an.

»Philip. Du hast angerufen?«

»Ja. Nein. Ja, doch. Was denken Sie, wenn … du, wenn …«

»Brauchst du etwas?«

»Du hast doch bei unserem ersten Treffen gesagt, du lehrst mich, wie Komik wirklich funktioniert.«

»Ja, das habe ich gesagt.«

»War das ernst gemeint?«

»Soweit ein Clown ernst ist.«

»Mir beibringen, wie eine Clownsnummer funktioniert, wie ein Clown sein muss.«

»Ich habe nicht mehr mit deinem Interesse gerechnet.«

»Das heißt, du willst?«

Und nach einer weiteren Pause: »Wann?«

»Morgen, fünfzehn Uhr?«

»Sechzehn«, korrigierte er.

47

Ich saß auf dem Stallboden und beobachtete Mignonne. Sie sah auf mich herunter, fraß, drehte sich, roch an meinen Haaren, an meinem Kopf. Die weichen Nüstern kitzelten mich an der Wange. Auf dem Hof hatte ich mit Laszlo kleine Kunststücke geübt. Aufspringen, verkehrt auf ihm sitzen, unter ihm durchkriechen. Das Pferd war frei, ohne Strick, neben mir gegangen, stehen geblieben, wenn ich stehen geblieben war, losgegangen, wenn ich losging, kam von Weitem angelaufen, wenn ich es rief.

Ich stand auf, putzte das Stroh von meiner Hose, hängte einen Strick in die Schnalle des Halfters und führte Mignonne ins Freie. Während ich über den Platz vor dem Zelt und zwischen den Wohnwagen spazierte, blieb sie mit dem Kopf nahe an meiner Schulter.

Funktioniert, dachte ich und strich ihr über den Hals. Eine Karotte knackte beim Beißen. Rötlicher Schleim tropfte auf das Gras. Ich ließ sie vom Strick los und betrat das leere Zelt. Sie folgte mir, lief in die Arena und trabte im Kreis. Nach einigen Runden kam sie auf mich zu, hielt an und wartete. Worauf? Wie ich auf die Zukunft? Sollte ich Anweisungen geben?

Ich lief einen Kreis. Sie drehte sich mit. Ich änderte die Richtung. Sie folgte mir.

Das Pferd machte mir alles nach. In Freiheit. Ich musste nur klar ausgerichtet sein und vormachen. Mignonne lief noch einige Runden frei. Lief ich vor ihr, trabte sie mir hinterher.

Außer Atem brachte ich sie in ihren neuen Stall zurück, gab ihr einen großen Haufen Heu und ein wenig Hafer – nicht zu viel. Eine kleine Nummer vorbereiten? Sie nur den Zirkusleuten zeigen. Und Gaston. Mich auf die Kunst im scheinbar Kleinen konzentrieren, hätte in der Zeit, in der alles verschwindet, am ehesten die Chance, zu überleben.

48

Es war kurz nach drei, als ich an Célines Wohnung läutete. Die schweren Vorhänge, die sich auf dem Boden weiter ausbreiteten, waren noch an Ort und Stelle. Wie die antiken Kommoden und die Vitrinen, die mit Gläsern und Porzellangeschirr vollgestopft waren. Die Freundlichkeit ihrer Eltern hatte damals die Schwere der Räume zurückgedrängt.

Nachdem ich die neu zusammengestellten Unterlagen nach Themen geordnet auf den Wohnzimmertisch gelegt hatte, ließ ich mich auf dem Sofa nieder. Die Spiralfedern drückten. Céline brachte Kaffee. Ich freute mich auf einen langen Nachmittag mit ihr. Jetzt erst bemerkte ich, dass der wolkige Dampf, den ihre rauchenden Eltern damals verbreitet hatten, mit reiner Luft getauscht hatte. Bald darauf verstand ich, dass etwas faul war. Wir sollten nicht allein bleiben. Produzent und Kamerafrau von Célines Filmprojekt hätten sich angekündigt. Zurückgefallen in meine nahe Vergangenheit als Auftragnehmer, befürchtete ich die üblichen Diskussionen. Produzenten sind wie meine Werbekunden, vermutete ich, wollen vielleicht selbst kreativ sein, alles besser wissen, korrigieren. Ihnen reicht nicht, gutes Material, gute Ideen vorgelegt zu bekommen. Die Angst treibt sie, ihre Kunden könnten sich in den Produkten nicht wiederfinden. Zu wenige Likes, Quoten, Leserinnen, Seher.

Céline muss mit ihnen verhandeln, nicht du, Philip, beruhigte ich mich.

Es klingelte. Der Fußboden knarrte. Schritte näherten sich.

Am liebsten wäre ich verschwunden. Lieber noch, mit Céline allein gewesen.

Dem Produzenten und der Kamerafrau wurde ich als Louis Pichereaus Enkel vorgestellt, auch wenn hier niemand außer Céline wusste, dass ich erst vor Kurzem zum Enkel aufgestiegen war. Für Céline schien meine Verwandtschaft mit ihm ein Vorteil, der Produzent konnte dadurch sicher sein, authentisches Material zu bekommen.

Sie stellten sich um den Tisch herum. Der Produzent zog eine schwarze Brille mit dickem Rand aus der Brusttasche hervor. Die Kamerafrau schob die Fotos zu sich, man nickte, schüttelte den Kopf. Lächelte. Meine Wange auf die Hand gestützt, beobachtete ich das Treiben. Der Produzent schob die Brille über die Stirn.

»Ich schlage vor, fünfzig Prozent Zirkus, zehn Prozent Kriegsgefangenenlager, dreißig Prozent Louis' Leben als Clown, zehn Prozent die Liebesgeschichte von Louis und Erna. Aber dazu brauchen wir natürlich noch mehr Stoff über deren Beziehung.«

Louis und Oma als junge Verliebte? Von der Liebe zwischen ihnen hatte ich auch erst vor Kurzem erfahren. Das ist, was sich Produzenten immer wünschen: Leben, Lieben, Leiden, Eifersucht, Einsamkeit, Intimes? Man würde dazudichten müssen, wo Fakten fehlten. Ich hatte noch nicht genügend Dokumente über ihre Liebe gefunden. Wie tief müsste ich noch in der Kiste wühlen? Ihre Liebe war doch geheim gewesen. Und würde die wahre Geschichte auffliegen, würden Mama, ihre Freundinnen, das ganze Dorf den Film auf *ARTE* sehen? Nein, schoss mir in dem Moment ein, sie schauen solche Programme nicht. Georgs Vater allenfalls, falls er noch lebte.

»Die Liebesgeschichte wäre zu intim (zu kitschig ließ ich weg) und es gibt auch nur wenig Material dazu«, sagte ich.

Die Kamerafrau sah mich an.

»Die Liebesgeschichte hat nur die Funktion, Allgemeines im Speziellen aufzeigen. Man muss sie exemplarisch mit der Situation der Frauen in der NS-Zeit in Verbindung bringen. Aber wir brauchen trotzdem alle paar Minuten etwas Dramatisches für das Fernsehen, Liebe funktioniert immer, damit zappen die Leute nicht weiter. Wie wollen wir sonst die Quoten erreichen«, betonte der Produzent.

Da waren sie wieder: die Quoten. In mir tauchte Ärger auf. Nein, es war Wut.

Mit Brötchen wurde weitergearbeitet, Szenen und Inhalte diskutiert. Der Produzent sprach von Drehtagen und Extrakosten. Zufrieden war er, dass auch People of Color im Film vorkommen sollten (hatte er schon die Jongleuse des Zirkus im Kopf oder manchen senegalesischen Soldaten aus dem Lager?).

Gefragt wurde ich nichts. Céline lächelte mir immer wieder zu, als würde sie mir vermitteln wollen, dass ich mir keine Sorgen machen müsse. Aber ich machte mir Sorgen. Die Wahrheit könnte verdünnt oder verfälscht werden. Wieder!

»Wir werden im Zirkus drehen. Die Artisten könnten mitspielen, einige Nummern vorführen«, sagte sie.

Ich fragte in die Runde, wie viel Honorar sie bekommen würden.

»Ein kleines. Dafür sind sie im Film und haben den Werbenutzen«, sagte Céline, sah zur Kamerafrau, dann – ich hatte anscheinend eine böse Miene gezogen – zu mir, »Philip, das ist in unserem Geschäft so üblich. Auch für Interviews gibt es nichts extra.«

Mehr als die Liebesgeschichte störte mich die Ausbeutung der Zirkusleute, auch wenn sie im Film vorkamen. Ich rutschte wieder in meine eigene Geschichte, sah mich selbst, wie ich seit Jahren Text für Text ablieferte, wie meine Ideen verändert, verdreht, gestohlen, benutzt, schlecht, bis gar nicht bezahlt wurden. Ein Auftrag vom französischen Fernsehen war aufregend, sicher, dachte ich, der Cirque Lunelli wäre im Fernsehen und das brächte ihm mehr Publikum. Aber doch nicht ohne ausreichend Honorar für die Artistinnen.

»Wenn sie sich, ihre Kunst, ihr karges Leben hergeben, müssen die Zuseher erfahren, wie hart ihr Leben ist. Ihr dürft sie nicht leer zurücklassen. Wir müssen ihnen etwas zurückgeben«, forderte ich (wie Céline mir später klarmachte, zu schroff).

»Sie bekommen ein riesiges Publikum und damit Werbung. Das wolltest du doch?«, sagte Céline.

»Ja, aber … so möchte ich die Unterlagen nicht freigeben«, drang es aus mir heraus, ohne dass ich es wollte.

Ich war aufgesprungen und beinahe in Rage geraten, und sah schon kurz mein Honorar und meine Unterstützung, den Lunellis einen Film zu verschaffen, schwinden.

Die beiden Damen erstarrten. Der Produzent lachte.

»Sehr gut, Herr Pichereau, das Talent zum Clown scheint sich vererbt zu haben.«

»Philip, das geht nicht«, sagte Céline.

Ich war ein wenig stolz. Ich hatte meine Meinung auf den Tisch gebracht, auch wenn sie vielleicht mehr mit meinen eigenen Erfahrungen als mit der objektiven Situation zusammenhing. Ich blieb stur und verdrängte die gleichzeitig in mir aufsteigende Scham, mich zu weit hinausgelehnt zu haben.

Die Kamerafrau sah mich wieder an.

»Sie werden gut rüberkommen. Sie haben ein Fernsehgesicht«, sagte sie.

Filmgesicht kannte ich. Aber Fernsehgesicht? Wollte sie mir nur eine goldene Brücke bauen, damit ich mein Gesicht nicht verlor? Ich verschwand im Bad, blickte in den Spiegel, drehte den Kopf nach links, dann nach rechts, wieder zurück. Ich sah jünger aus als neunundvierzig. Das wusste ich. Ich komme gut rüber? Ich probte unterschiedliche Mienen. Wieder zufrieden mit mir, kam ich zurück und hörte, wie über die Situation der Frauen zur Zeit des Gefangenenlagers gesprochen wurde. Céline schlug einen weiteren Besprechungstermin vor. Der Produzent stimmte zu und verabschiedete sich.

Niemand sprach. Céline kritzelte auf den Unterlagen herum. Die Kamerafrau schob mit einem Brötchen in der Hand Fotos hin und her. Céline versprach mir ein Interview, in dem ich von meinen bisherigen Erfahrungen im Zirkus Lunelli und als Enkel über Louis' Leben erzählen könnte.

Weiteres wollte sie unter vier Augen klären. Gegenüber im Café.

49

»Was ist vorhin in dich gefahren?«, begann Céline das Gespräch.

»Ich dachte, du denkst wie ich«, sagte ich.

»Auch wenn ich so denke, er ist der Produzent. Wie stehe ich denn jetzt da.«

Mehr Schmalz, mehr Quoten, der Produzent möchte mit der Ausbeutung von Künstlern Geschäfte machen und wichtige Leerstellen im Film mit einer Liebesgeschichte ausfüllen.

»Früher warst du spontaner, hast du über mich im Allard gesagt. Das musste heute raus«, verteidigte ich mich.

»Aber doch nicht so!«

»Vielleicht hast du recht. Aber Ungerechtigkeit hat mich immer schon aufgeregt.«

»Wie damals, als du hier beinahe eine Prügelei angezettelt hast, weil ein Typ seine Frau beschimpft hat?«

»Wo soll das gewesen sein?«

»Hier in unserem Café. Georges war doch auch dabei. Wir haben uns alle aufgeregt. Aber dich mussten wir zurückhalten. Herumgeschrien hast du.«

»Das habe ich gemacht? Habe ich total vergessen.«

Sie rief den Kellner. Aus ihrer Tasche holte sie einen Stoß Papier hervor.

»Ich werde mich für ein höheres Honorar für die Artistinnen einsetzen. Und vertrau mir, Kitsch ist nicht mein Stil. Trotzdem dürfen wir den Produzenten nicht vergraulen. Er muss an das Projekt glauben.«

»Von Kitsch habe ich nicht gesprochen«, entgegnete ich.

»Aber gedacht hast du es.«

Erwischt, sie kannte mich noch.

»Ich möchte kurz die gefährliche Situation von damals aufzeigen. Liebesverhältnisse einer Frau mit Kriegsgefangenen am Beispiel von Erna und Louis …«

Ich unterbrach sie, ich selbst hatte ihr das bereits erzählt. Ich zeigte ihr den Textabschnitt in den Unterlagen.

»Ich habe inzwischen auch recherchiert. Hier sind meine Skizzen«, setzte sie fort und schob mir den aufgeklappten Laptop zu.

Ich las. *Wenige Frauen leben noch, die berichten können, wie gefährlich Liebschaften mit französischen Kriegsgefangenen waren. Wer es tat, machte sich der Wehrkraftzersetzung schuldig. An manchen Orten in Deutschland gab es Todeskeller, ob in Österreich auch, konnte ich (noch) nicht herausfinden, aber es ist wahrscheinlich. In diesen Todeskellern wurden regelmäßig Frauen gehängt oder manchmal sogar geköpft, wenn ein Verhältnis aufgeflogen war. Lungenentzündung in Lagern und Gefängnissen war zu der Zeit häufig in Sterbeurkunden vermerkt, um Hinrichtungen und Morde zu vertuschen. An manchen Tagen fünfzehnmal Lungenentzündung.*

»Die Täter müssen mehr beleuchtet, sollten konfrontiert werden. Nicht nur die Opfer«, sagte ich.

»Das versuchen wir. Aber die Täter wollen sich nicht zu erkennen geben. Und zwischen manchen Gefangenen und Frauen war es Liebe gewesen. Ich habe dazu ein früheres Interview gefunden, in dem eine über neunzigjährige Frau unter falschem Namen gesprochen hat. Niemand wusste etwas von ihrer Liebe, und dass ihr inzwischen siebzigjähriger Sohn von einem Franzosen war.«

»Meine Großmutter hat ja offensichtlich auch bis zum Tod nichts sagen können.«

»Sie konnte oder wollte nicht, vielleicht hatte sie in der Zeit nach 1945 auch Angst, dass die Wahrheit ans Licht kommt.«

Ich orderte einen Averna. Mir war schlecht geworden.

»Ich habe die Informationen im *Service hisorique de la Défense* in Vincennes entdeckt. Aber das geht alles viel zu weit. Wir müssen fokussieren. Im Film soll dies als Rückblick und nur als Hintergrund vorkommen, nicht ausführlich gezeigt werden. Das Hauptthema bleibt der Zirkus mit Louis als Protagonist«, sagte sie.

Ich war in Schwarz-Weiß-Filmen gefangen, die die Befreiung von Paris zeigten.

»So ist man aber auch mit den Frauen umgegangen, die sich in Frankreich mit deutschen Soldaten eingelassen haben. Das solltest du auch mit hineinnehmen«, sagte ich.

»Das passt nicht. Zu viel. Und umgebracht, systematisch ermordet wurden sie auch nicht.«

Céline zog den Laptop wieder zu sich und begann zu tippen.

Ich versank weiter in meinen Gedanken. Ich hatte Glück gehabt, unzählige Unterlagen geerbt, eine Schatzkiste, die immer noch voll war und in der noch viele Geheimnisse warteten. Aber mit welchem Recht brach ich eigentlich durch die dunklen Wolken in das Leben anderer ein? In das Leben meines Vaters, von Oma, den Großvätern, in die Geschichten des Dorfes? Mama und die ehemaligen Nachbarn würden mich verteufeln, machte ich Ernas Geheimnis öffentlich. Werden sagen, dass sie das nie von mir gedacht hätten. Ich sei undankbar. Ein Lügner. Reden ist Silber, Schweigen ist Gold.

Inzwischen war es dunkel geworden.

»In zwei Tagen lege ich dem Produzenten neue Vorschläge vor. Dann sei bitte diplomatischer als beim letzten Mal«, bat Céline.

Diplomatie? Den Begriff mochte ich für mich nicht mehr anwenden. Aber ich versprach, ruhig zu bleiben und nicht wie ein Motor auf Provokationen hin anzuspringen.

50

Ich stand inmitten der Manege. Der Boden war mit Sägespänen bedeckt. Jetzt hieß es, sich zu konzentrieren, wollte ich doch das Entrée eines Clowns lernen. Ein Suchscheinwerfer richtete einen Lichtkreis auf mich. Gaston saß auf einer Holzbank in der ersten Galeriereihe.

»Wir üben eine kleine Nummer. Sie ist alt. Ich habe sie oft mit Louis gespielt. Ich war der Monsieur Loyal und er der Clown.«

Wer der Monsieur Loyal sei, fragte ich. Der Zirkusdirektor, oft auch der Moderator der Vorstellung. Ich sollte in die Manege stolpern und immer, wenn er mir eine Anweisung gab, sagen: »Ich hab's verstanden.«

Ich glaubte, verstanden zu haben, verschwand hinter dem Vorhang und holte eine Trillerpfeife aus meinem Sakko.

»Bitte tritt auf«, rief Gaston.

Stakkatoschrilles Pfeifen hinter dem Vorhang. Dann stolperte ich in die Manege, pfiff, blickte hinauf, öffnete die Arme wie ein Opernsänger nach einer gelungenen Arie. Pfiff. Ich fand mich lustig.

»Was soll dieses Lärmen?«, sagte Gaston.

»So habe ich einen Clown im Zirkus gesehen. Die Leute haben gelacht.«

»Das war ein schlechter, also gar kein Clown. Du musst auftreten und nach meiner Anweisung nur sagen: Ich hab's verstanden.«

»Du hast noch keine gegeben.«

»Richtig. Erst wenn ich eine gegeben habe.»

»Ich hab's verstanden«, sagte ich.

»Jetzt noch nicht sagen. Tritt noch einmal durch den Vorhang in die Manege ein. Aber jetzt mit mehr Kontakt zum Publikum und ohne zu pfeifen«, bat Gaston.

»Wie kann ich Kontakt zum Publikum haben, wenn keines da ist?«, fragte ich.

»Noch nicht. Das musst du dir vorstellen. Rundherum wartet das Publikum und freut sich auf dich.«

»Wirklich? Auf mich?«

»Nicht auf dich, es freut sich auf den Clown.«

Bevor ich hinter dem Vorhang verschwinden wollte, drehte ich mich um und fragte: »Hier überall soll ich mir das Publikum denken?«

»Rundherum. Überall.«

Ich versuchte, mir das Publikum vorzustellen, wo keines war. Meine Angst stieg vom Bauch wieder hinauf bis zur Kehle.

»Wo bist du?«, hörte ich hinter dem Vorhang.

»Ich überlege, wie ich den Auftritt anders gestalten könnte, das Pfeifen hatte dir nicht gefallen«, rief ich, die beiden Hälften des Vorhangs zur Seite haltend.

»Du sollst nur auftreten und deinen Blick ins Publikum werfen. Ohne pfeifen. Und später gebe ich dir dann eine Anweisung.«

»Hab ich verstanden.«

»Später!«

»Später auftreten?«, fragte ich.

»Ich hab's verstanden sagst du erst, wenn ich als Monsieur Loyal eine Anweisung gebe. Zum Beispiel, wenn ich sage: Springe in die Luft.«

»Okay«, sagte ich anstelle von hab's verstanden und wartete. Kurz. Dann steckte ich mein Gesicht mit der roten Nase zwischen den beiden Vorhangbahnen durch, markierte Erschrecken und zog rasch wieder zu. Nun fand ich es doch nicht lustig, aufzutreten. Das leere Zelt machte Angst, alles war dunkel, das Scheinwerferlicht blendete.

»Das war gut so, Philip. Aber das Publikum wartet nicht. Es will ein Entrée.«

»Das ist es ja, es ist keines da, alles im Dunkel, ich sehe nichts, so leer, das macht Angst.«

»Wovor hast du nicht Angst?«

Ich überlegte.

»Wenn ich länger nachdenke, eigentlich vor nichts.«

»Dann denk nicht und tritt auf. JETZT!«, rief Gaston.

War das schon seine Anweisung?

Ich riss den Vorhang auf, stolperte in die Mitte der Manege, richtete meine rote Nase in die Dunkelheit, drehte den Kopf in alle Richtungen, von den Logen unten bis hinauf in die letzten Reihen und rief laut: »Ich hab's verstanden.«

Gaston erhob sich und applaudierte.

»Das war schon recht gut. Machen wir eine Pause«, schlug er vor, »nur konnte ich noch nicht als Monsieur Loyal sprechen, weil du immer zu früh ›Ich hab's verstanden‹ gesagt hast. Aber deine Version des Auftritts könnte der Beginn einer ersten kleinen Clownsnummer sein. Der verwirrte Clown. Den Hauptteil und ein Ende müssen wir noch finden.«

»Mit Mignonne?«

»Ja. Du könntest sie schon früher hereinholen.«

»Ja, ja, ich hab's verstanden«, sagte ich lachend, denn ich hatte verstanden. Aber die ununterbrochenen Ich-hab's-verstanden-Antworten nervten mich.

»In einigen Tagen gibt es eine Kindervorstellung. Da kannst du einmal vor Publikum üben. Und nimm Mignonne mit in die Nummer. Die Kinder lieben sie«, sagte Gaston.

Verstanden hatte ich in Wirklichkeit nicht wirklich, mehr erahnt, gespürt, wie eine Nummer funktionieren könnte. Die Vorstellung, den Vorhang zu öffnen und in der Manege zu erscheinen, erfüllte mich noch immer mit Panik. Gaston betonte, es sei keine Panik, auch keine Angst, nur Lampenfieber. Und das brauche man zum Auftreten, sonst werde das Entrée langweilig. Die Vorstellung, vor Kindern aufzutreten, fühlte sich unangenehm an. Kinder sind ehrlicher als Erwachsene. Mein Magen krampfte weiterhin. Ich sah mich zittern. Ich hatte doch nur einmal wissen wollen, wie es sich anfühlte, ein Clown zu sein. Nur für mich. Nicht für ein Publikum. Ich würde scheitern, niemand würde lachen, alle würden enttäuscht sein, ich würde ausgebuht werden. Und was sollte ich an Lustigem noch einbauen? Nur auftreten und blöd in die Menge schauen, das wäre nicht genug, dazu musste man ein guter Clown sein. Und das war ich nicht. Ich war gar kein Clown.

»Unmöglich. Ich kann das nicht«, sagte ich.

Gaston lachte laut auf.

»Deine Angst ist gut. Wie bei unserem ersten Treffen. Du bist lustig, wenn du verzweifelt bist oder wenn du dich ärgerst. Das gefällt den Leuten. Unsicher sein und die Unsicherheit zeigen, davonlaufen und dableiben, sich ärgern und nicht nachtragend sein, einen Witz machen und zeigen, dass er doof war, so tun, als könntest du es – und es dann nicht können und scheitern. Damit bist du beim Publikum.«

Als Kind hatte ich Georg beneidet. Der konnte auftreten, war Klassensprecher, führte eine kleine Gang im Ort an, während ich im Stall oder in meinem Zimmer lag und las. Andere prügelten sich oder spielten Fußball. Ich nahm mit dem Kassettenrekorder Musiksendungen aus dem Radio auf. Michael Jackson, David Bowie, Madonna. War Louis als Kind wie

Georg gewesen, mutig aufgetreten? In der Lagerbaracke hatte er alle unterhalten, sogar die Wachen.

»Menschlich zu sein bedeutet, seine Anfänge, seine Natur, sein Wesen überwunden zu haben zugunsten von Natürlichkeit und Wahrhaftigkeit.«

»Aber die Kinder werden mich auslachen.«

»Genau das wollen wir.«

Plötzlich schimpfte ich, er solle nicht so gescheit reden. Wie ein Professor. Er habe doch keine Ahnung, was es bedeute, wenn man auftreten müsse und es nicht gewöhnt sei. So wie er.

»Was ist mit Philip?«, fragte Monique.

Sie stand neben uns.

»Nichts, er übt gerade«, antwortete Gaston.

»Ach so, ich dachte schon …«

Hatte Monique gedacht, ich würde wieder alles kurz und klein schlagen? Gewollt hätte ich es gerne.

»Er denkt daran, in einer der nächsten Nachmittagsvorstellungen mit Mignonne und einer kleinen Nummer aufzutreten«, sagte Gaston.

Monique umarmte mich, küsste mich, links, rechts, links, rechts.

»Genug. Nein. Nein. Ich weiß nicht«, rief ich.

Gaston saß aufrecht da und wartete. Ich schlang mich aus Moniques Umarmung und lief aus dem Zelt.

Die Vorstellung, aufzutreten, machte mir zwar noch immer Angst, aber gleichzeitig begann ich auch, mich darauf zu freuen. Es war wie beim Schreiben. Schreiben machte mich müde, war eine Qual, geschrieben zu haben, war wunderbar (selbst wenn es oberflächliche Marketingtexte waren).

Ich lief zurück ins Zelt. Schämte mich. So hätte ich Gaston nicht angreifen dürfen.

»Entschuldige, Gaston. Glaubst du wirklich, ich kann das?«

»Jeder Lacher der Kinder gibt dir weiteren Mut. Du wirst sehen.«

»Ich schlafe darüber«, versprach ich.

»Wenn du dich nicht gleich entscheidest, wirst du schlecht schlafen«, warnte mich Monique.

»Wenn du dich gleich entscheidest, auch. Aber das gehört dazu«, sagte Gaston und grinste.

51

Die Nacht war kühl und es nieselte. Die Fenster der Caravans warfen Licht auf die Vorplätze. Der Kraftakrobat saß vor seinem Wagen und winkte mir zu. War ihm nicht kalt mitten in der Nacht? Ich grüßte zurück.

Meine neuen Freunde im Zirkus. Sie lebten inmitten von Sägespänen, Lastautos, Wohnwagen, Gestängen, Leinen- und Kunststoffzelten, hatten wie andere Fernseher und Internet, lebten von der Welt abgeschlossen und waren doch ein Teil von ihr, arbeiteten, wann und wie es notwendig war, hatten Probleme wie andere, stritten, kämpften, mussten zusammenhalten, einander stützen, beim Zeltaufbau, beim Absichern, alles war immer neu, mussten ihre Künste ständig verkaufen. Für Menschen wie Karl war ihre Arbeit keine Arbeit, genau deshalb war sie wertvoll.

Obwohl schon müde, wollte ich nachsehen, wie es Mignonne ging. Das Stallfenster stand offen. Von außen sah ich, wie sie mit ihren Nüstern den Boden abtastete, letzte Stängel suchte. Wie sollte ich meine Nummer üben? Fertig gearbeitet war sie noch nicht, ich hatte nur den Auftritt probiert. Das war noch kein Clown-Entrée. Und was Mignonne tun sollte, wusste ich auch noch nicht. Aber ich hatte zugesagt und die Vorstellung war doch nur für Kinder. Nur? Blödsinn! Kinder sind wie Pferde. Direkt. Machen, was sie wollen, wenn man sie lässt. Erreiche ich die Kinder nicht, drehen sie sich weg, werden unruhig und stören die Vorstellung. Treffe ich ihr Interesse, rufen sie in die Manege, feuern an, wollen mehr.

Unter ihrem Wagen müsste noch Heu sein. Ich holte ein Büschel hervor, prüfte die Farbe, roch den würzigen, blumigen Duft, schüttelte es. Kein Staub, kein Schimmel. Olivgrün. Genügend Stängel und Knospen. Ich legte einen Haufen Heu vor ihr auf den Boden. Sie drehte sich, senkte den Kopf, prüfte und begann, an einigen Stängeln zu knabbern.

»Du bist mir zugefallen«, sagte ich laut zu ihr.

Moniques Klopfen an der Stalltür unterbrach meine Gedanken. Hatte sie mich gehört? Aber als ich bemerkte, dass ich mit einem Pferd wie mit einem Menschen gesprochen hatte, musste ich lachen.

Ich versicherte Monique, alles sei mit mir in Ordnung. Sie wünschte mir guten Schlaf und verschwand im Wohnwagen des Gewichthebers.

Unruhig schlief ich durch die Nacht.

52

Monique stand an der Rampe der Arena. Ich stand mit Mignonne und begann mit meiner Probe. Der Führstrick war an ihrem Halfter befestigt, das Ende hing in meiner Hand.

»Philip, vor Auftritten haben alle Angst, manche mehr, manche weniger. Wenn man die Hose voll hat, ist man am besten. Vertrau auf Mignonne. Sie braucht nur aufzutreten und die Leute sind glücklich.«

Inzwischen hatte ich verstanden, wie sich der Unterschied zwischen Angst und Lampenfieber anfühlte.

Plötzlich riss Mignonne den Kopf hoch, der Führstrick rutschte blitzschnell aus meiner geschlossenen Hand. Die Haut brannte. Mignonne begann entlang der Bande im Kreis zu laufen, sich umzudrehen, in die andere Richtung zu traben, sich wieder zu drehen, mehrmals, hin und her. Dann blieb sie in der Mitte stehen und scharrte mit dem rechten Huf. Lose hing das Seil von ihrem Halfter herunter.

»Das war ihr Auftritt. Jetzt musst du kommen«, rief Monique.

Ich stellte mich hinter den geschlossenen Vorhang, öffnete einen Spalt, steckte den Kopf hinaus, blickte über die leeren Ränge, zog die Vorhangbahnen zur Seite, schlich mich mit großen Schritten an das Pferd heran, dann bewegte ich mich auf allen vieren vorwärts wie eine Katze auf Beutezug, um den Strick zu ergreifen. Beinahe hatte ich ihn erwischt, da hob Mignonne den Kopf und lief wieder ihre Runden. Ich stand auf, blickte in das nicht vorhandene Publikum und hob die Schultern. Mit einer beleidigten Miene verschränkte ich trotzig die Arme vor der Brust.

Monique lachte.

»Gut gespielt. Wo hast du diesen Auftritt her?«

»Ist mir gerade eingefallen.«

»Das kannst du verwenden.«

Das Pferd drehte weitere Runden, dann hielt es neben mir an. Auf dem Boden, neben meinem rechten Fuß, lag das Ende des Stricks. Während ich über Mignonnes Hals strich, stieg ich auf das Seil und hielt es mit dem Fuß fest. Sie hob den Kopf, der Strick hielt sie zurück. Sie schien abzuwarten. Ich mimte ein freudig-schadenfrohes Gesicht und bewegte in schnellem Rhythmus die Schultern rauf und runter, so als würde ich heftig über mein Austricksen lachen. Sie riss den Kopf wieder hoch, das Seil zog meine Füße in die Luft. Ich landete in den Sägespänen. Mein rechtes Knie schmerzte.

»Wunderbar!«, sagte Monique.

Sie sprang auf und applaudierte.

»Dass ich hingefallen bin, war Zufall. Das habe ich mir nicht ausgedacht.«

»Das musst du einbauen. Ich helfe dir.«

Monique hielt das Pferd auf, führte es in die Mitte der Manege. Sie wollte nur den Teil üben, bei dem ich auf den Boden fallen musste, zeigte mir, wie ich fallen konnte, ohne mich zu verletzen. Mignonne sollte sich nahe an mich stellen und zulassen, dass ich auf das Seil stieg, ohne den Kopf zu früh zu heben.

Nach drei Wiederholungen schien es auch das Pferd verstanden zu haben. Ich übte die kleine Nummer immer wieder, bis ich mich sicher fühlte. Die Geduld, die Mignonne mit mir hatte, kannte ich von Opas Pferden.

53

Hupen, Piepsen und Motorengeräusche weckten mich. Grelles Licht. Daran, dass ich schließlich eingeschlafen war, konnte ich mich am frühen Morgen nicht erinnern. Nur an den plötzlichen Platzregen, das anschließende beruhigende Prasseln auf dem Dach des Zirkuswagens. Die Stürme hatte ich in meine Träume eingebaut. Ist alles noch vorhanden, wenn ich schlafe, bleibt alles an seinem Platz, auch wenn ich es nicht sehe?

Ich hob meine Kleidung vom Boden auf, zog sie an, öffnete die Tür. Scheinwerfer erleuchteten den Platz. Das Zelt lag zusammengebrochen inmitten von Wassermassen. Seile baumelten lose. Lastwagenräder drehten im feuchten Boden durch. Stangen und Fahnen ragten stellenweise unter der Zeltplane hervor. Zwei Sturmstangen waren stehen geblieben. Ein Bagger versuchte, das Vorfeld vom Wasser zu befreien.

»Ich habe Mignonne mit Hafer gefüttert. Ihr geht es gut. Ihr Stall ist dicht geblieben«, rief mir Monique aus dem Führerhaus zu.

Im engen Bad wusch ich mir schnell das Gesicht und fuhr mit nassen Händen durch meine Haare.

Während Regengüsse und Stürme die Nacht über das Zelt niedergerissen und den Platz unter Wasser gesetzt hatten, hatte ich geschlafen, nicht an Mignonne gedacht, nicht an meine Zirkuskolleginnen.

Ich krempelte die Hose auf. Das warme Wasser und das Quatschen meiner Schritte begleiteten mich bis zum Zelt. Kraftakrobat, Seiltänzerin, Zirkusarbeiter, Artistinnen, alle arbeiteten, um es wieder hochzubekommen. Meine Hilfe wurde freundlich abgelehnt. Sie schafften es, bis zum Abend selbst das Gröbste wieder herzurichten. Und bis morgen, zur Nachmittagsvorstellung, wäre alles wieder einigermaßen bereit. Nur die Hussen der Stühle, mancher Vorhang, einzelne Plakate müssten später erneuert werden. Ich sollte weiter meinen Auftritt vorbereiten. Wo sollte ich proben? Das Zelt war frühestens am nächsten Tag wieder benutzbar.

Das unter Mignonnes Stall gelagerte Heu war durchnässt. So konnte ich es nicht an sie verfüttern. Wie sollte ich es trocknen? Die Sonne kam hervor. Noch war es aber überall nass. Hafer und Karotten lagerten in verschlossenen Plastikkisten. Zum Glück. Nachdem mir die Jongleuse einen leeren Sack in die Hand gedrückt hatte, lud ich so viel Heu hinein wie möglich, schleifte ihn ins Zelt und breitete die Gräser über die Sitzbänke aus. Bis morgen könnten sie trocken werden. Wenn nicht, dann musste der Haarföhn nachhelfen.

Ich hatte noch keinen Kaffee getrunken, der mich beunruhigen hätte können. So eine Superkaffeemaschine wie die in meiner Wiener Wohnung hatte wohl niemand hier. Frisches Gebäck hing auch nicht an der Wagentür. Die Dusche war zwar an den Wasserschlauch angeschlossen, nur funktionierte sie nicht. Im Freien gab es eine Gartendusche. Die Wolken gaben langsam wieder die Sonne frei, aber nackt wollte ich mich nicht zeigen. Ich setzte mich in das Klo, ein Trockenklo, man musste nach jedem Gang eine spezielle Streu darüberschütten und es alle drei Tage leeren. So romantisch mein neues Zuhause war, ich sehnte mich nach meiner Wohnung in Wien. Oder wenigstens nach einem Hotelzimmer.

54

Im Zelt tummelten sich alle zugleich. Die einen putzten den letzten Schlamm von Stühlen und Bänken und versuchten den Boden vom restlichen Wasser zu befreien, andere füllten den instand gesetzten Buffetwagen mit neuartigen Süßigkeiten und zuckerfreien Getränken. Ich föhnte die letzten Stängel trocken. Die beiden jungen Artisten dehnten ihre Körper, prüften Seile und Drahtgestelle. Die Jongleuse ließ Bälle und Keulen fliegen. Der Kraftakrobat hob Monique mit einem Arm hoch und setzte sie wieder ab. Das Trapez baumelte, die dazugehörige Artistin war nicht zu sehen.

Ich setzte mich auf eine Bank und ging Schritt für Schritt meine Nummer durch, prägte mir die Bewegungen und Positionen ein. Vielleicht entdeckte ich während des Spielens ja sogar Neues, das ich spontan einbauen konnte. »Clownsnummern entwickeln sich mit dem Spiel«, hatte Gaston erklärt, auch mit dem Publikum und mit dessen Reaktionen. Und Mignonne? Sie wird mitmachen oder nicht. Bei Pferden und Eseln weiß man das nie. Als Kind wäre ich manchmal gerne ein Pferd gewesen. Zu ihnen war Opa lieb, ließ ihnen beinahe jede Freiheit. Oder eine Katze. Ich hatte den Eindruck, Mama liebte Katzen mehr als Menschen.

Ich blickte durch den Vorhang, öffnete ihn und kroch auf allen vieren, um das Seil, das bei der Vorstellung an Mignonnes Halfter hängen und auf dem Boden zu liegen kommen sollte, zu ergattern. Plötzlich fiel mir eine Keule auf den Kopf. Die Jongleuse entschuldigte sich, sie habe danebengegriffen.

Monique lachte laut auf.

»Das müssen wir auch noch einbauen«, rief sie von oben, von ihrem Freund mit beiden Händen hochgehalten.

Ich griff mir auf den Kopf. Monique wurde von dem kräftigen Mann mit dem nackten und schwitzenden Oberkörper sanft auf den Boden runtergelassen.

»Ich komme als Autorität in die Manege und schlag dir, natürlich nicht fest«, sagte sie, »den Schmerz musst du spielen, mit einer langen Gerte auf den Kopf, oder auf den Po, oder sonst wohin. Dann kann ich dir mit Mignonne helfen, ohne dass es das Publikum merkt, damit sie es genauso macht, wie wir es geübt haben.«

»Mir wehtun soll lustig sein?«, protestierte ich.

»Du spielst doch nur, dass es wehtut, so, dass die Leute wissen, dass es nicht wehgetan hat, mit einem Augenzwinkern. Dann lachst du wieder. Lachen. Weinen. Lachen. Ohne Übergänge.«

Ich glaubte, eine Beule unter meinen Haaren zu greifen.

55

Langsam füllte sich das Zelt. Die Trapezkünstlerin saß im Kassawagen und verkaufte die Eintrittskarten, der Kraftakrobat riss sie beim Eingang ab, die Artisten verkauften Süßwaren und Getränke. Hinter dem Vorhang wurden die Geräte, die anschließend benötigt wurden, in der Reihenfolge der Auftritte aufgestellt. Diejenigen, die zuerst auftreten mussten, wärmten sich auf und bereiteten sich vor, die anderen arbeiteten noch als Platzanweiser, verkauften Programme, Monique drehte umringt von Kindern Zuckerwatte auf einem Stab zu einer rosafarbenen Wolke.

Ich lugte durch einen Spalt des Vorhangs ins Zelt. Keiner der Besucher wusste, dass ich der Enkel des berühmten Clown Louis war. Nur meine Freunde vom Cirque Lunelli. Mein Herz schien im Hals zu stecken. Aber ich wollte durch all meine Befürchtungen hindurch. Es war doch nur Lampenfieber.

Die Trapezkünstlerin schloss die Kassa. Die Artisten formten sich hinter dem Vorhang lärmend zu einer Reihe für den kommenden Auftritt. Die Musik übertönte den Lärm des Publikums (leider noch die elektronische. Wie schön wäre doch eine analoge, von einem kleinen Orchester gespielte gewesen). Der dahinschrammende Sound der Hammondorgel versuchte sich mit dem Einmarsch der Gladiatoren. Alle standen bereit. Monique hielt das Mikrofon vors Gesicht. Das Publikum werde die »großartigste, einmaligste, einzigartige, internationale, gefährliche, waghalsigste Zirkusvorstellung« zu sehen bekommen. Sie deutete mir, mich einzureihen, anschließend mit allen gemeinsam auf Kommando eine Runde in der Manege zu drehen, stehen zu bleiben, lächeln und winken, und danach wieder hinter den Vorhang zu laufen.

Das hatte mir niemand davor gesagt. Das war nicht geprobt. Aber für meine aufkommende Unsicherheit war keine Zeit mehr. Der Kraftakrobat zog mich zu sich. Die Vorhänge wurden von zwei Zirkusarbeitern aufgerissen, die Schlange der Künstler setzte sich in Bewegung. Ich wurde vom Licht geblendet. Irgendwie musste ich eigenartig in meiner Verwirrung gewirkt haben – was nicht hieß lustig –, während ich in der Runde mitlief und das Publikum verkrampft anlächelte. Alle standen verteilt im Halbkreis und winkten, während ich weiterlaufen wollte (ich hatte es ja nicht geprobt!). Der Kraftakrobat erwischte mich am Kragen, zog mich zurück, was das Publikum mit Lachen quittierte. Unfreiwillig hatte ich meinen ersten Lacher eingefangen. Durch die von zwei garçons de piste geöffneten Vorhänge marschierten wir zurück. Der Vorhang schloss sich und die Kinder schrien begeistert. Ich war in Trance. Alles war schnell gegangen. Erst jetzt bemerkte ich, dass nichts Schlimmes geschehen war.

In der Arena lief die Vorstellung ab. Monique zwinkerte mir zu.

»Noch drei Nummern, dann bist du dran.«

Ich ließ im Kopf noch einmal alles durchlaufen. Mit »bleib ruhig« versuchte ich mich zu konzentrieren. Aber Mignonne war noch im Stall. Fast hätte ich sie vergessen. Ich lief zu ihr und brachte sie hinter den Vorhang. Ein Büschel Heu hing aus ihrem Maul. Monique zog es heraus. Ich steckte die rote Plastikmaske auf die Nase. Monique kündigte mich als »Clown autrichien« an. Applaus. Bravos.

Aber ich hatte doch noch nichts geleistet!

Mignonne scharte mit den Hufen. Der Führstrick hing in meiner Hand.

»Jetzt!«, sagte Monique.

Ich zögerte. Sie deutete an, dass ich beginnen sollte, sonst würde die Aufmerksamkeit der Zuschauer wie ein Luftballon zusammenfallen. Ich steckte meine Nase zwischen den Vorhangbahnen durch und zog zurück. Tobender Applaus. Die Kinder schrien.

»Der Clown, der Clown.«

»Wenn du es jetzt nicht machst, wirst du es nie mehr tun«, flüsterte mir der Kraftakrobat ins Ohr und legte mir seine Hand auf meine Schulter. Plötzlich schubste er mich durch den geschlossenen Vorhang. Ich fiel in die Manege. Mignonne lief mir nach. Die Kinder lachten. In der Mitte blieben wir stehen. Ich blickte rundum über alle Ränge der Tribüne. Und dann lief es wie geprobt. Mignonne trabte ihre Runden, ich fiel zu Boden, schaute beleidigt, dann wieder schadenfroh. Zuletzt stieß mich Mignonne mit der Nase so fest an, dass ich zwei Schritte nach vorne stolperte. Die Kinder tobten. Ein Junge wollte über die Absperrung klettern. Andere waren aufgesprungen und feuerten mich an.

»Noch einmal. Mehr, mehr.«

Jetzt kam Monique in die Arena. Sie hatte einen Frack übergezogen und hielt eine lange Gerte in der Hand. Während ich mich verbeugte, klopfte sie mir auf den Kopf und ich spielte, wie sie gesagt hatte. Mit großen Bewegungen hielt ich mich am Kopf, als hätte ich furchtbare Schmerzen, dann lachte ich, spielte Höllenqualen, lachte wieder, litt. Mignonne drehte einige Runden, dann hielt sie neben mir an. Auf dem Boden, nahe meinem rechten Fuß, lag das Ende des Stricks. Ich stieg darauf. Mignonne spielte wie geprobt, zuletzt landete ich in den Sägespänen. Kreischendes Lachen der Kinder. Die Gerechtigkeit hatte gesiegt, ich war wieder auf der Erde gelandet. Monique und ich verbeugten uns. Mignonne ließ mithilfe von

Monique ihr rechtes Vorderbein kurz sinken. Unter Applaus gingen wir durch den von den Bühnenarbeitern rechtzeitig geöffneten Vorhang ab.

Was war das denn gewesen? Mein Bewusstsein holte mich erst jetzt ein. Ich hatte keine Zeit gehabt, Angst zu haben.

»Schon voll stressig«, sagte ich.

Aber irgendwie war ich glücklich. Mein Herzklopfen war freudige Erregung.

Die Vorstellung war zügig weitergelaufen. Monique hatte die nächsten Nummern angesagt. Ich führte mein Pferd auf den Platz. Vor ihrem Stall standen Gaston und Marcello, der Kunstreiter aus dem Altenheim. Sie schüttelten mir die Hand, gratulierten. Marcello lobte Mignonne.

»Wenn ich gewusst hätte, dass ihr zuseht, wäre ich nicht aufgetreten«, sagte ich.

56

Ich sichtete Louis' Aufzeichnungen. Den Text für eine kurze Sequenz über das Leben im Lager sollte ich heute noch Céline bringen. Dann kramte ich tiefer, sah Zeitschriften durch, überflog Briefe. Während ich in die offene Kiste blickte, überlegte ich, was ich mit einer Vergangenheit mache, die längst nicht mehr existiert? Halte ich die Treue zu toten Dingen und bleibe mit der Vergangenheit verbunden? Es gibt mit ihr kein Wiedersehen. Sie ist nur als Blick zurück schön. Bewahrt man auf, weil sonst nichts Festes bleibt? Ist das Aufbewahren bloß ein hilfloser Versuch, die Endlichkeit zu überlisten? Niemand im Dorf hatte mehr über Louis, über die vielen Toten, über all die anderen Gefangenen, über das Lager gesprochen. Man wollte aufbauen, mit der Vergangenheit nichts mehr zu tun haben. Das Stalag war ausgelöscht. Nur ein kleines Museum, groß wie ein Wohnzimmer, meist geschlossen, der Lagerfriedhof im Nachbarort. Wenige bemühten sich, das Vergessen aufzuhalten.

Hatte Louis die volle Kiste hinterlassen, um so sein Können und Wissen weiterzugeben, und um seine Familiengeschichte am Leben zu lassen? Wollte er sich unsterblich machen – er war doch berühmt geworden, hat also ohnehin in Archiven, auf Filmen, Videos, im Internet überlebt. Oder hat er Wichtiges speziell für Papa gesammelt und wusste nicht, dass er längst gestorben war? Oder nur für sich selbst und nichts weiter damit vorgehabt? Geordnet war ihr Inhalt nicht, vieles nur schnell abgelegt, hineingeworfen, wie vor einer plötzlichen Übersiedelung. Die Appelle, die sich darin verbargen, konnten nicht alle in Worte gefasst werden. Ich hatte erkannt, dass auch die Kunst der Clowns – nicht wie Theaterstücke – schwer bis gar nicht aufgeschrieben werden und nur über Fotos, Filme, Programme und Plakate erinnert werden konnte. Mein Entrée mit Mignonne wird bestenfalls in den Kindern als Gefühl fortbestehen.

Sollte ich weiterkramen und aussortieren? Ich empfand keine Freude mehr, noch länger in der Vergangenheit zu wühlen. Alles wegwerfen? Verkaufen? Céline hatte erhalten, was sie brauchte. Einige Fotos, die Clownpuppe, den Clown d'Or und Louis' Notizbuch wollte ich behalten. Ich spürte den Drang, den restlichen Inhalt einer Sammlung zu übergeben, einem Museum, einem Archiv. Er sollte fachlich versiert aufgearbeitet, katalogisiert, über eine Website auffindbar sein. Mein Auftrag war ans Ende gekommen. Ab jetzt täglich den Clown spielen, war für mich auch keine Zukunft. Nie würde ich einer werden. Und als Enkel eines berühmten Clowns mit geborgter Prominenz und mittelmäßiger Begabung wollte ich mein Leben nicht weiterführen.

Ich stieg in die Dusche (der Handwerker hatte sie endlich repariert). Während das Wasser über meinen Körper rann, rechnete ich aus, was mir von der Erbschaft an Geld übrig geblieben war. Bis vor Kurzem hatte ich noch gehofft, mit anspruchsvollen Marketingtexten, originellen Produkten und einer eigenen Firma erfolgreicher zu sein als Papa. Aber damit hätte ich ihn verraten, ich hätte ihn überholt. Und Mama wollte ich die Freude nicht machen, stolz auf mich zu sein. Mir sollte es wenigstens gelingen, wenn es schon Papa nicht geschafft hat (so dachte ich zumindest, dass Mama dachte). Es war dieses »es«, in das Mama, Opa und Oma alle Wünsche, Hoffnungen und Ideen für die Zukunft hineingestopft hatten, ohne zu wissen, was das genau sein sollte, was ich wollte und ob ich jemals ankommen konnte. Die Rolle, die der Clown verkörperte, konnte mir nun neue Hoffnung geben. *Der Clown gibt Hoffnung, dass das Leben weitergeht*, hatte ich auf den Einband meines Notizbuchs geschrieben. Nach Stürzen gibt es ein Aufstehen, hatte Gaston mir beigebracht. Er und Louis hatten trotz ihrer jahrelangen Gefangenschaft noch ein erfülltes Leben gelebt.

Ich band mir das Handtuch um und setzte mich an den Tisch. Das Geld reichte für mehrere Wochen. Je nachdem, wie die Tage weitergingen und wann ich das Honorar von Célines Dokumentarfilm bekäme.

Ein Signal meldete den Eingang einer Mail. Ich öffnete den Laptop. Céline hatte mir einen Link zu Cœurs sans frontières geschickt. Sie helfen, Kinder von deutschen und österreichischen Frauen und französischen Soldaten zu suchen, das nächste Treffen sei in drei Tagen, schrieb sie, in der Nähe des Bois de Vincennes. Dort könnte ich ähnliche Schicksale erfahren wie das meiner Familie. Nein. Das zöge mich unweigerlich wieder in die Tiefe, in dumpfe Bilder und Schuldgefühle. Ich würde Geschichten hören von Enkelkindern, die vor den Gräbern ihrer verlorenen Großväter und Großmütter stehen.

Klopfen. Ich öffnete und hatte die Türklinke in der Hand.

»Darf ich?«, fragte Monique.

Während sie eintrat, befestigte ich den Türgriff wieder.

»Trittst du heute auf?«

»Heute ist doch gar keine Kindervorstellung.«

»Nein. Am Abend.«

»So ein Publikum traue ich mir nicht zu.«

»Aber deine Nummer war doch großartig!«

Ich bot ihr Nescafé an. Sie bat um Wasser und legte siebzig Euro auf den Tisch.

Ich schob die Scheine zurück.

»Wir haben die Einnahmen von der letzten Vorstellung aufgeteilt. Das gehört dir.«

»Ihr habt doch selbst nichts. Ich habe das nur gemacht, um zu testen, ob ich fähig bin, etwas Neues auszuprobieren.«

»Und das ist super gelungen.«

»Mehr Zufall als Können. Nein, ich frage mich, was ich überhaupt tun werde. Das Alte will ich nicht mehr und das Neue ist noch nicht da.«

»Tanzt man auf dem Seil, muss man daran glauben, oben zu bleiben. Sieht man hinunter, stürzt man. Überlege es dir noch einmal.«

Sie verließ den Wagen. Die Scheine ließ sie auf dem Tisch liegen.

Ich führte Mignonne ins Freie und hängte sie mit dem Strick lose an ihren Stall. Hufe, Mähne und Schweif mussten gereinigt und gekämmt werden. Ich brauchte lange, um die braunen Flecken herauszuputzen (verdammter Schimmel!). Verschwitzt wusch ich mich, bevor ich mich auf den Weg machte und in den Lärm der Straßen eintauchte. Céline wollte mich über die neue Entwicklung ihres Films persönlich informieren. In unserem Café.

57

In der Rue du Faubourg Saint Denis versammelten sich Menschen. Blaulichter. Das Café war abgeriegelt. Motorräder mit Martinshorn rasten vorbei. Ich fürchtete, Céline könnte in einen Unfall verwickelt worden sein, holte mein Mobiltelefon hervor und wählte ihre Nummer.

Vielleicht überhörte sie das Läuten im Lärm der Motoren und schrillen Töne. Ich versuchte, näher an das Café heranzukommen.

»Drei Tote«, wurde mir gesagt.

Hinter mir schoben Busse hupend die Menschen zur Seite, luden Polizisten aus. Wieder wählte ich Célines Nummer. Wieder keine Antwort. Ich stieg auf einen Bordstein und hielt mich am Zaun fest. Mein Telefon läutete.

»Ich bin mit einem Kamerateam hier. In unserem Café wurde geschossen. Ich melde mich später.«

Ich sprach in die Leere. Sie hatte aufgelegt.

Über Hunderte Köpfe hinweg sah ich Rettungswagen. Fahnen wurden gehoben und geschwungen. Umgestürzte Mülltonnen verbreiteten ihren Inhalt am Straßenrand. Ein Auto war zur Seite gekippt. Von hier aus konnte ich nicht weiter. Ich bahnte mir den Weg zurück und setzte mich in ein Café gegenüber der Gare de l'Est.

Nach zwei Tassen Kaffee noch immer kein Anruf von ihr. Ich bestellte ein Bier. Während sich die Kühle des Getränks in Mund und Hals ausbreitete, mehrten sich die Ermahnungen in mir. Ich sollte etwas tun. Etwas Vernünftiges. Etwas leisten, wie Céline. Nicht nur herumsitzen und warten. Waren bisher wöchentlich, manchmal täglich Aufträge für Texte eingegangen, kamen nun kaum noch welche. Der letzte Auftrag gab mir Hoffnung. Marketingtexte zu schreiben war zwar nie meine Erfüllung gewesen, aber ich wusste, was zu tun war, bekam die Termine vorgesetzt, die Inhalte vorgegeben. Ähnlich war es mit meiner Wohnung. Eine Wohnung war für mich wie ein Hotelzimmer. Ich wollte leben, wie Sartre gelebt haben soll (leider ohne solche Texte), beweglich bleiben wie Wandertruppen, die auf- und abbauen, um jederzeit neu beginnen zu können. Das hatte ich mir nach meiner seinerzeitigen Rückkehr aus Paris nicht erlaubt. Man musste doch eine fixe Adresse haben. Dauerhaft. Kurz ertappte ich mich dabei, wie ich mich an die Zeit erinnerte, als ich mir mein Leben angenehm eingerichtet, morgens und nachmittags im Espresso Sport gesessen, Freunde getroffen, mit Herbert philosophiert, ein wenig Sport getrieben hatte, mit der einen oder anderen Freundin ins Kino gegangen war. Langweilige, aber stabile Jahre, zu schnell vergangen. Nur unterbrochen durch eine misslungene Ehe. Kurz dachte ich, dass ich wieder in mein altes Leben zurückkehren sollte. Ich hatte in den Tag hineingelebt, mich in meinem Leben ausgekannt, mich mit ihm abgefunden, es nach und nach zäher werden lassen und war beinahe in der Verfestigung hängen geblieben. Dank Louis war ich herausgekommen. In den Tag hinein lebe ich jetzt auch. Aber die Unbekümmertheit von damals war wieder aufgetaucht. Neues probieren, Material für Célines Film sondieren, für den Ausstellungskatalog schreiben.

Ich kritzelte in meinem Heft herum, zeichnete einen roten Punkt. Der Punkt wurde eine rote Nase, die Nase zu einem Clownsgesicht, das Gesicht zu einer Figur. Ich fügte ihr eine Sprechblase hinzu: *Ich hab's verstanden!* Ich lachte. Ein wenig hatte ich wirklich verstanden. Unter die Zeichnung schrieb ich: *Aus allem, was der Clown zur Verfügung hat, macht er das Beste und Fantastischste.* Schön kitschig, aber wahr, sagte ich mir. Louis hatte mit nichts das Lager überstanden, seine Figur gefunden, seine Nummern entwickelt, ein Theaterstück für sich und Gaston geschrieben.

Ich kannte die Methoden, wie man gute Geschichten entwickelte. Damit könnte ich den Lunellis helfen. Die Galavorstellung wäre die Startveranstaltung. Grün, nachhaltig, farbig. Ein neues Programm, das ein Zirkustheater sein wird. Ich skizzierte den Galaabend: ein Zusammenspiel von Licht, Musik, Akrobatik. Keine beliebig aufeinanderfolgenden Nummern, sondern eine durchkomponierte Erzählung mit einem Motto, das ihre Kunststücke verbindet. Cirque actuel. Musik hier und da, stark und leise, alte Zirkusklänge verbinden sich mit gegenwärtigen. Inmitten des erneuerten Zeltes überschreiten sie die Grenzen, zeigen, was mit ihren Körpern alles möglich ist, stellen den Weg von ihren Allmachtsfantasien, die Schwerkraft besiegen zu können, dar, ineinandergreifende Körper, beeindruckende Bewegungen, das Ergreifen der Hand zur rechten Zeit, das Landen auf dem schwingenden Seil, der Flug durch die Luft. Einzelne Musiker bewegen sich in der Arena mit ihnen. Eine Verbindung von Bewegung, Musik und Witz, Ort und Handlung mit Rückblicken und Zukunftsfantasien.

Lunelli Nouveau Cirque.

Nach Stunden hatte ich mein Heft beinahe vollgeschrieben. Erschöpft und von meinen Ideen animiert, war ich nach Mittag wieder in meinem Wohnwagen gelandet. Céline hatte inzwischen per WhatsApp angefragt: »Kommst du am Abend zu mir?«

»Wie früher?«, fragte ich.

»Wie früher gibt es nicht. Wir sind nicht mehr dieselben.«

Kurze Zeit später erst las ich, dass sie auch Claire eingeladen hatte. Ich sollte ihre Tochter kennenlernen.

»Es stört dich doch nicht, oder?«

Auf dem Bett halb schlafend sah ich das hell erleuchtete Zelt LUNELLI NOUVEAU CIRQUE leuchtend mit farbigen Glühbirnen vor mir. Über meinem Wohnwagen fand das alte Schild DÉCROCHER LA LUNE POUR TOUS – CIRQUE LUNELLI Platz.

58

Zum Nachtisch gab es Crème brûlée.

»So eine Tochter hätte ich auch gerne gehabt«, sagte ich und gratulierte Céline zu Claire.

Einige Monate nach meiner Rückkehr nach Wien sei sie zur Welt gekommen. Schade, zu früh aufgegeben, dachte ich, ich hätte gerne mit der Kleinen gespielt, ihr die Pferde nahegebracht.

Ich erschrak über meine Gedanken.

Könnte sie auch von mir sein? Nein. Céline hätte mich nicht gehen lassen, mir nach Wien geschrieben, zu Hause bei Mama angerufen. Was, wenn doch? Hätte ich sie Claire genannt? Oder Lucie? Marie? Zu viert wären wir auch glücklich geworden, Georg, Céline, Claire und ich. Hat sie einen Gentest gemacht? Ich war nie auf die Idee gekommen, sie könnte von mir schwanger sein. Oder ist sie doch von Georg, fragte ich mich und wusste nicht, was gerade an Chaos in mir geschah. Ich schob die Crème brûlée zur Seite und lehnte mich zurück. Aufregung, Furcht, Verzweiflung und Freude vermengten sich zu einer Erstarrung.

»Was ist mit dir?«, fragte Céline und bot mir eine Zigarette an.

Ich bedankte mich, tat so, als würde ich trinken, lehnte mich vor, hob das Glas und nippte. Keine Geheimnisse mehr, Philip. Und solche Geschichten auch keinem Kind mehr antun.

»Wenn Claire nicht da ist, kann ich rauchen. Sie mag es nicht. Und Georg wollte es auch nicht.«

Ich stellte mir vor, wie mein Leben anders verlaufen wäre, hätte ich eine Tochter gehabt. Oder einen Sohn. Oder beides. Hätte ich nachfragen sollen, als sie mir schrieb, dass sie schwanger war? Herumlungernd, gequält von Sehnsucht, hatte ich ein Jahr lang von ihr geträumt, war verzweifelt gewesen, sie nicht bei mir zu haben. Aber gemeldet hatte ich mich auch nicht. Und sie nur selten. Ein kurzer Brief. Ein Weihnachtsgruß.

»Ihr wart beide fröhlich damals. So unbeschwert. Du warst ziemlich durcheinander, aber lebendig und chaotisch. Georg war mehr auf seine Karriere konzentriert.«

Céline erinnerte mich an manche meiner verrückten Aktionen. Ob ich all das heute auch noch für sie wäre, fragte ich sie, stand auf, sagte, man könne sich nicht finden, hätte man sich, wäre man wieder von sich weg. Ich blickte in ihre verwunderte Miene.

»Schade, dass du damals so schnell verschwunden bist«, sagte sie.

»Ich durfte mich eben nicht selbst überschreiten.«

Ich blickte in ihre verwunderte Miene.

»Nur die letzten Jahre waren schwierig mit ihm. Er ist immer engstirniger geworden, immer häufiger abwesend. Sprach nur mehr von seinen Forschungen, schlief kaum«, setzte sie fort.

So kannte ich meinen früheren Freund nicht. Er war doch freier aufgewachsen als ich. Ich trank das Glas leer und rückte näher zu ihr. Sie öffnete eine neue Flasche. Rauchte. Nahm meine Hand und sagte: »Wird man älter, kommen eben immer öfter die Muster durch, die man als Kind erlebt hat. Oder?«

»Ja. Man sieht die Dinge, aber nicht das Licht, das sie sichtbar macht«, antwortete ich, während sich Teile des alten Philip mit einem neuen zu vereinen begannen, die selbst wieder eine Figur erschufen.

Lachte sie mich aus, machte sie sich über mich lustig?

»Du weißt jetzt, was das Geheimnis in meiner Familie angerichtet hat. Papa hätte sicher Louis lieber als Vater gehabt als Opa«, schoss es aus mir heraus.

»Ja, weiß ich. Aber wozu sagst du das?«

Im selben Moment fand ich meine Bemerkung unpassend. Claire war nicht meine Tochter. Und wenn sie es doch war, war es gleich, wer von uns sie gezeugt hatte. Sie hatte einen guten Vater gehabt.

»Du sprichst in Rätseln.«

Nun musste ich selbst über meine schrägen Sprüche lachen.

Inzwischen hatten wir auch die zweite Flasche geleert. Betrunken war ich immer wieder eingeschlafen.

Eine Berührung auf meinem Gesicht weckte mich. Céline saß neben mir. Ich lag in meiner Kleidung auf dem Sofa.

»Ich muss ins Studio. Eine frische Zahnbürste ist im Bad und frischer Kaffee in der Küche.«

59

In den folgenden Wochen wurde gehämmert, gestrichen, repariert und geprobt. Die Kinder der Umgebung schauten durch die Zäune. In meinem Wohnwagen wurden die Cirque-Lunelli-Logos restauriert, Plakate gemalt, Programme gestaltet und die Internetseite überarbeitet, im Wagen der Artisten die Kostüme geschneidert oder erneuert, Hussen für die Stühle genäht. Dazwischen wurde geprobt. Céline hatte ein Filmteam zusammengestellt. Sie drehten die Vorbereitungen, um sie mit den Aufnahmen der späteren Benefizvorstellung zu kombinieren. Die Artisten pflasterten Hunderte Plakate auf Zäune und Säulen, verteilten Flugblätter vor dem Centre Pompidou, in der Gegend um Les Halles. Céline hatte ihre Freunde, Bekannte und Prominente eingeladen, Claire ihre Freunde, Gaston im Altenheim für den Besuch der Benefizveranstaltung geworben, ich Florence und den Kellner von Chez Jeannette. Herbert und Karl hatte ich Zugtickets geschickt und ihnen im Hotel Michelet Zimmer reserviert.

Gaston war unser aller Mentor, der sein Wissen weitergab, an Bewegungen und Präsenz der Künstlerinnen arbeitete, auf die Übergänge von einer Szene zur nächsten achtete. Nicht nur dramaturgisch, auch selbst lebte er einen präzisen Tagesablauf. Er erschien in meinem Wohnwagen täglich um sechs Uhr fünfundvierzig. Um sieben Uhr nahm er ein kleines Frühstück. Kaffee mit Milch (ich hatte eine Espressomaschine angeschafft) und ein Croissant. Im Zirkuszelt erschien er um sieben Uhr dreißig zu den Proben, um zwölf Uhr gab es Mittagessen. Monique kochte vegetarisch für ihn. Mittagsschlaf. Danach Arbeit bis siebzehn Uhr dreißig. Gegen Abend fuhr er zurück in die Maison des Artistes. Jeden Tag kam jemand anderer aus dem Altenheim mit ihm. Marcello zeigte mir Tricks, mit denen ich Mignonne leichter bewegen konnte. Ihr nicht in die Augen schauen und seitlich stehen, wenn sie vorwärts gehen soll, nie am Führstrick ziehen, nur leicht auf der Kruppe mit kurzen Abständen klopfen, bis sie von selbst eines der Hinterbeine hob, und andere kleine Hilfestellungen. Flying Valentina zeigte den Akrobaten ihre schönsten Auf- und Abtritte, große, weite, ausholende Bewegungen, tiefe Verbeugungen, lächeln ins Publikum, als wären sie auf einer Opernbühne nach einer großartigen Vorstellung. Sobczak übte mit der Schlangenfrau ein Zauberkunststück für ihren Auftritt ein. Sie zeigte schwungvoll auf eine schwarze Box, in der sie ihre ungiftige, aber gefährlich wirkende Schlange verstaute, die Box verschloss, sie wieder öffnete, die leere Box ins Publikum zeigte, nach einer Drehung die Schlange plötzlich aus der Box hervorzog und sie in die Luft hielt.

Über Nummern und Szenen spannten wir die Rahmenhandlung, eine Collage aus den überarbeiteten Zirkusnummern der Artistinnen, erfanden neue Choreografien und bereiteten Szenen aus Clown Louis' Zirkusleben vor. Die Protagonisten sollten von skurrilen Situationen berichten, mal laut, mal leise, mal aufregend, mal beruhigend, Monique durch das Programm führen, Szenen aus Louis' Leben dem Publikum nahebringen und zu den Geschichten überleiten, Gaston aus der Zeit des Lagers erzählen und wie sie die Boches immer wieder überlistet und ausgetrickst hatten, alle Artisten und Artistinnen aus der Maison des Artistes aus ihren eigenen Erlebnissen in den verschiedenen Zirkussen in Europa und Amerika innerhalb der letzten achtzig Jahre berichten, und so die einzelnen

Nummern, die zu den jeweiligen Erzählungen positioniert waren, verknüpfen. Die Geschichte des Pferdes im Zirkus sollten Marcello und ich darstellen, Marcello seine Erfahrungen und sein Können zeigen, ich meine bereits in der Kindervorstellung gespielte Nummer. Céline hatte erste Szenen aus ihren Drehs zusammengeschnitten, die auf einen Vorhang projiziert werden sollten, den wir hinter den roten Auftrittsvorhang gehängt hatten und der bei Bedarf auf- und zugezogen werden konnte. Auch ein früheres Interview mit Louis hatte sie vorbereitet. Die Musik war neu zusammengestellt. Die Musiker hatten ihr Repertoire geändert, Neukompositionen des Klarinettisten und einige meiner Musikideen aufgenommen und miteinander verbunden. Nicht nur durch den gewohnten Trommelwirbel, sondern auch durch Geräusche sollten die spannenden Momente begleitet und unterstützt werden. Einer der Zirkusarbeiter hatte sich als Geräuschakrobat entpuppt. Er produzierte am Mikrofon mit seiner Stimme, den Händen und Materialien wie Blech, Kokosnüssen und anderem Hufgetrappel, Vogelstimmen, Löwengebrüll, Donner, Wind, Feuer, Sirenen und vieles mehr, was ich von einem Menschen erschaffen noch nie gehört hatte.

Nach drei Wochen schien die Galavorstellung zu stehen. Die Nervosität stieg von Tag zu Tag. Bei den Jungen wie bei den Alten.

»Auch wenn du schon tausendmal aufgetreten bist, wirst du nervös sein. Wenn nicht, bist du ein schlechter Künstler«, hatte uns Gaston erklärt.

60

Ein Bus brachte die alten Artisten zum Zirkus. Ein anderer die Mitglieder von Cœurs sans frontières mit Nachfahren französischer Kriegsgefangener – ich hatte sie nachträglich auf Anraten Célines doch noch eingeladen. Das Zelt war so überfüllt, dass Stehplätze ausgegeben werden mussten und ich befürchtete, die Behörden würden die Aufführung untersagen. Zum Glück war der Polizeipräfekt des Bezirks ein Zirkusfan und hatte sie nach ausführlicher Begutachtung freigegeben. Karl war schon am Morgen im Hotel eingelangt. Herbert kam direkt zur Vorstellung, sein Zug hatte Verspätung.

Die Musiker spielten alte und ihre neuartigen Kompositionen, während das Publikum seine Plätze einnahm. Mignonne, eine neue Pferdedecke mit ihrem Namen in glitzernden Buchstaben gestickt übergeworfen, wartete mit mir hinter dem Vorhang auf ihren Auftritt. Dahinter Marcello. Er sollte sie nach meiner Clownsnummer übernehmen und von der Arbeit mit Pferden erzählen. Valentina und die beiden Akrobaten, der Zauberer Sobczak und die Schlangenfrau mit dem Korb, Monique, der Kraftakrobat, die Jongleuse, die Seiltänzerin, die Luftakrobaten, die Zirkusarbeiter in Uniformen, die an französische Gardesoldaten erinnerten, die Künstler aus der Maison des Artistes mit Gaston im Kostüm des Weißclowns – alle standen, warteten und lauerten auf das Zeichen ihres Auftritts. Durch ein Loch im Vorhang blickte ich in die Manege. Karl und Herbert saßen nebeneinander in der ersten Reihe der Mittelloge.

Ein Tusch. Der Vorhang wurde aufgerissen. Die Scheinwerfer blendeten. Die Gruppe verteilte sich über die Manege unter der Musik *I Clowns.* Die Artistinnen liefen zu Höchstformen auf. Die Szenen und Filmausschnitte über Louis' Leben kamen ebenso gut an wie die alten, aber neu gestalteten Nummern der Akrobatinnen, die Auftritte und Erzählungen der alten Künstler aus der Maison des Artistes und die Moderation Moniques.

Ich hatte, nachdem ich als Enkel von Louis angekündigt worden war, meine Clownsnummer dargeboten und noch mehr Lacher und Applaus als zuvor bei der Kindervorstellung erhalten, anschließend von der Überraschung berichtet, einen neuen Großvater namens Louis geschenkt bekommen zu haben.

Stürmischer Applaus drang durch den Vorhang. Die Benefizvorstellung war zum großen Erfolg geworden, die Spendenkasse übervoll. Erschöpft umarmten wir einander. Klopften auf Schultern, küssten und lobten einander. Crémant und Champagner flossen. Céline, Claire, Herbert und Karl, Florence, den Kellner, alle hatte ich zu uns hinter den Vorhang geholt.

»Wo ist Gaito?«, fragte Gaston plötzlich.

Durch einen Schlitz im Vorhang sah ich ihn in einer der Logen sitzen, den Kopf gesenkt. Ich lief zu ihm und tippte ihm mehrmals sanft auf die Schulter. Gaito erschrak.

»Ist sie schon zu Ende?«, fragte er.

61

Am nächsten Morgen saß ich in der Sonne. Mignonne suchte letzte Grasbüschel auf dem ausgetretenen Boden. Ich rief Gaston an, um mich zu bedanken.

»Gaito ist in der Nacht für immer eingeschlafen«, sagte er.

»Ach Gott.«

Ich rang nach Luft. Wieder war einer der letzten alten Clowns abgetreten.

Ich öffnete die Kiste, legte Dokumente, Fotos, Objekte, Briefe zurück und klappte den Deckel zu. Die Clownsnase ließ ich an der Wand baumeln. Ich packte meinen Trolley, schloss den Wagen ab und gab Monique den Schlüssel. Ich hatte ihnen den Zirkuswagen und die Kiste geschenkt. Mit ihrem Inhalt und Ausschnitten aus Célines Film sollten sie ein kleines Clownsmuseum schaffen, vereint mit der Geschichte vom Überleben im Kriegsgefangenenlager Stalag XVII A. Ich strich Mignonne über den Hals, warf Karotten in ihren Futtertrog und fütterte ihr Stück für Stück eine Banane. Claire hatte sich während der Dreharbeiten in Mignonne verliebt. Ich hatte sie ihr überlassen (so blieb das Pferd gewissermaßen in der Familie). Heute noch wollte sie sie in den Stall ihres Freundes übersiedeln. Was weiter, wusste ich nicht. Noch nicht. Nur dass ich in Paris bleiben wollte. Ich setzte mich auf den mit frischem Stroh bedeckten Boden und rief meine Mutter an.

»Tut mir leid, Mama, ich wollte es dir schon länger sagen: Louis Pichereau war Papas Vater und nicht der Muzak. Ich habe das von einer Notarin, von Louis' Freunden und Gefährtinnen, von Dokumenten. Es sollte nicht bekannt werden.«

»Solltest du nicht arbeiten? Komm zurück nach Wien. Ich habe deinen Kühlschrank gefüllt«, sagte sie.

Jetzt hatte ich verstanden.

»Bonne Soirée. Mama.«

Dank an Christian Döring für seine wertvollen und fruchtbaren Hinweise, an Lydia Mischkulnig, Nils Mohl, Inge Fasan und Katja Schröckenstein für die anregenden Gespräche und an Barbara Giller und Alexander Potyka für das umsichtige Lektorat.

Foto © Paul Feuersänger

Reinhard Tötschinger wurde 1952 in Wien geboren und war Grafiker, Schauspieler, Regisseur und Psychotherapeut. Clownausbildung bei Jacques Lecoq, Paris. Heute realisiert und produziert er Dokumentarfilme und schreibt Theaterstücke, Erzählungen und Essays. Sein Debüt »Rochade« erschien 2021 im Picus Verlag.